KB090251

내일의
너를 믿어봐

내일의 너를 믿어 봐

초판 1쇄 2013년 09월 16일
초판 3쇄 2018년 09월 14일

지은이 송영선, 김용원

편집 박은정
마케팅 강백산·강지연
기획 서정 Agency(www.seojeongcg.com)
디자인 EHSOO design studio

펴낸이 이재일
펴낸곳 토토북
주소 04034 서울시 마포구 양화로11길 18, 3층(서교동, 원오빌딩)
전화 02-332-6255 | **팩스** 02-332-6286
홈페이지 www.totobook.com | **전자우편** totobooks@hanmail.net
출판등록 2002년 5월 30일 제10-2394호
ISBN 978-89-6496-158-2 03810
© 송영선, 김용원 2013

내일의 너를 믿어봐

자유학기제를 대비하는 본격 진로 소설

송영선·김용원 지음

팀

머리말

★ 자유학기제 준비는 진로설계부터입니다

자유학기제와 진로탐색 집중학년제 등 시행을 앞두고 학부모님이 가장 궁금한 것은 과연 무엇일까요? 아마도 이 새로운 진로교육에 대비해 무엇을 해야 하나일 것입니다. 아이들이 더욱 체계적인 진로교육을 받을 것이라고 생각하지만 말입니다.

먼저 진로교육 강화에 대한 제 소견을 말씀드리자면 '매우 기대되고 바람직하다'고 생각합니다. 아시다시피 사회에는 다양한 영역에 다양한 재능을 가진 사람이 필요하지만 아주 오랫동안 평가 잣대를 성적으로만 매겨오지 않았습니까. 이런 잣대 때문에 적성에도 맞지 않는 일을 하게 된 부작용을 우리는 수년간 봐오고 있습니다. 인생역전을 꿈꾸는 고시생은 사시에 합격하자 한풀이하듯 개인의 이익을 위한 비리를 저지르고, 소중한 세수를 다루는 국세청장은 이권에 연루되어 과반수가 감옥에 가거나 불명예 퇴진을 했습니다. 철학과 사명감 없이 된 공무원 자리는 뇌물과 비리의 온상이고 적성이 맞지 않는 직장인은 1년에 빨간 날만 바라보면서 살고 있습니다.

우리는 왜 국세청장의 도덕적 청렴성, 공무원의 사명감, 법관의 공정성, 의사의 인도주의 정신과 같은 직업의 핵심적성을 놔두고 점수와 학벌로만 우리 사회에서의 이러한 중요한 일들의 임무를 맡겨온 것일까요.

이제라도 이런 악순환의 고리는 끊어야 합니다. 그 시작은 교육의 틀을 바꾸는 것에서 시작할 수 있겠지요. 그에 따라 아이들의 교육과정부터 우리 사회에서 인재를 평가하는 방식까지 모든 것이 바뀌어야 합니다. 그러기에 진로교육의 중요성은 더욱 커집니다.

이렇게 아이들의 적성과 진로를 찾는 새로운 교육제도인 자유학기제가 시범단계에 있고 수년 안에 전면 시행될 예정에 있습니다. 앞에서도 말씀드렸듯 학부모님이 가장 궁금해하시는 것은 자유학기제에 대한 대비 방법입니다.

진로탐색 집중학년제에 따르면 한 학기나 되는 기간을 진로탐색에 알차게 보낼 수 있습니다. 그러나 체험 등을 통해 진로를 탐색하려면 당연히 우리 아이가 어떤 적성과 특성이 있는지를 먼저 알아야 합니다. 그래야 그것에 맞게 계획을 세워 효율적인 진로탐색 계획을 세울 수 있기 때문입니다.

이 책에서는 세 주인공의 직업 흥미 유형검사, 직업 흥미 검사 보고서, 단계별 진로 로드맵을 보여드릴 예정입니다. 이 세 학생을 통해 학부모님이나 학생 스스로 평소 성향을 관찰하는 방법과 그것을 진로로 이끌어가는 과정을 간접 체험할 수 있을 것입니다.

진로지도에 있어서 오늘 준비하는 하루하루가 미래에 내가 할 일, 내 일을 만들어 줄 것입니다. 내일의 내 일을 위해 미리 준비하는 청소년, 학부모님이 되시기 바랍니다.

2013년 송영선

머리말

★ 내 미래를 위해 '나'를 먼저 알고, '나'를 믿자

청소년 직업 전문가 송영선 씨의 '진로적성교육 프로그램'을 접하자마자 쾌재를 불렀습니다. 지난 20여 년간 청소년 상대로 글쓰기와 논술을 가르쳐 온 제 경험이 그대로 그 프로그램 형식에 대입되면서 고급 만년필 뚜껑처럼 딱 맞아떨어지는 느낌을 받았기 때문입니다.

지금 청소년들은 미래를 꿈꿔야 한다고 강요받고 있습니다. 하지만 정작 그들은 자신을 찬찬히 돌아볼 기회를 얻지 못하고 있지요. 내가 꿈꾸는 미래가 스스로 꿈꾸는 것인지 부모님이나 선생님이 꾸라고 해서 꾸는 것인지조차 헷갈리고 있습니다. 이런 청소년에게 필요한 것은 나 자신을 믿는 마음일 것입니다.

내가 꾸는 꿈은 이루어질 수 있는 꿈이라고 주변에서 자신감을 불어넣어 주시고, 그 꿈이 이루어질 수 있도록 더욱 체계적인 준비를 해 주신다면 자신을 믿는 만큼의 결과를 청소년 누구나 가질 수 있다고 확신합니다.

청소년을 지도해 오면서 학교진로 멘토링에 관심을 가질 수밖에 없었고 그 경험이 이 소설에 녹아들었습니다. 그런 점에서 이 소설에 등장하는 세 주인공의 모델이 된 학생에게는 이해를 시키고 사과도 할 정도로 현재 청소년 모습이 진하게 투영된 현실에 가까운 소설입니다.

현장에서 겪은 바가 바탕인 글인 만큼 청소년을 뒷바라지하시는 학부모, 현장에서 아이들을 지도하시는 선생님들, 그리고 청소년 자신들까지 틀림없이 도움이 될 것입니다.

이 책이 나오기까지 같이 힘써 주신 송영선 대표와 중간에서 고생한 서정에이전시 김준호 대표께 감사의 인사를 덧붙입니다.

2013년 김용원

등장인물 소개 ....

소영

엄마가 암환자인데도 독하게 공부에 몰두해 친구들이 괴물이라 부른다. 감성을 이성으로 다스리는 스타일로 엄마의 상황이 동기부여가 돼 암을 연구하는 의사가 되고자 한다. 주변 사람들에게 이성적인 모습만을 보이고 혼자 있을 때만 감정을 드러내는, 의지가 강한 여고생이다.

민태

운동 잘하고 성격 좋으며 불의를 참지 못해 퇴마사로 불린다. 경찰이 되고 싶다는 꿈을 갖고 있으나 싸움, 뜀박질 잘하는 것만으로는 부족하다는 것을 알게 된다. 우연한 계기로 청소년선도센터에서 활동하게 되고 이를 바탕으로 자신의 꿈에 한발 더 다가가게 된다.

혜란

백일장에 나가기만 하면 장원인 예비 작가이다. 곰 선생에게 글쓰기를 배우며 작가의 꿈을 키운다. 작가는 가난하다는 할머니와 세상의 편견에도 꿋꿋하게 글쓰기 연습을 멈추지 않는다. 글쓰기 소재를 수집하기 위해 주변에 일어나는 일을 직간접적으로 경험하기를 두려워하지 않는 열정을 보인다.

차례

3장 꿈꾸는 내가 되려면

4장 나는 나를 믿어

1장

나는 나

독한 계집애

도서관 밖에서 여학생들이 나직하게 속닥거렸다.

"소영이 쟤, 엄마가 암으로 병원에 입원해 있는 거 맞아?"

"그러니까 독종이지."

"독종이 아니라 괴물이지."

유리창 너머 도서관에 책을 펴 놓고 몰두하고 있는 소영을 두고 친구들이 숙덕댔다. 암으로 죽을 날이 오늘이냐 내일이냐 사경을 헤매는 엄마를 병원에 놔두고 지금 소영은 아파트단지 내에 있는 독서실에서 책과 씨름하고 있었다. 그렇다고 시험기간도 아니었다. 여기 있는 학생 대부분은 부모의 성화에 못 이겨 온 터라 공부보다 는 친구와의 수다에 몰두하는데, 소영만은 달랐다.

소영은 지금 수학 공부에 매진하고 있었다. 일반적으로 수학과 과학은 여학생이 남학생보다 뒤처진다는 속설이 있고, 또 그런 경 향을 보였다. 다행히 높은 점수를 받는다손 치더라도 수학이나 과학이 좋아서 공부하는 학생은 가뭄에 콩 나듯이 적었다. 그러나 소영은 달랐다. 수학이나 과학이 재미있었다. 일단 원리만 제대로 이해하면 문제는 제가 알아서 스스로 풀리는 게 신기했다. 마치 게임을 하는 방법과 원리만 터득하면 쉽게 마스터하는 것과 다를 게 없었다. 그래서 아이들은 소영의 점수가 나올 때마다 한마디 하는 걸 잊지 않았다.

"역시 괴물은 달라."

문득 유리문 밖에서 속닥대던 여학생들이 표정을 굳히며 반대편 게시판 쪽으로 고개를 돌렸다. 녀석들의 네 눈길이 소영의 짧은 눈길에 제압당해 그대로 주저앉아 버리는 순간이었다. 약간 튀어나온 듯한 커다란 눈에 긴 속눈썹, 서늘한 눈매에는 서릿발 같은 차가움이 있었다. 그런데다 학교에서는 영재로 불리며 선생님들의 암묵적인 보호막이 작용하고 있을 뿐만 아니라 무엇보다도 2학년 일진도 함부로 하지 못하는 민태가 뒤에 있다는 것도 한몫했다.

소영은 잠깐 반 아이들을 보았을 뿐 아무런 표정 변화 없이 유리창 쪽으로 던졌던 시선을 거두어 펼쳐놓은 노트에 떨어뜨렸다. 노트에 쓰인 글자들은 검정과 초록, 핑크색 펜으로 밑줄이 그어졌거나 사각형과 타원형, 별표에 갇혀 있었다.

소영을 두고 속닥거리던 넷은 출입문을 나와 계단을 밟고 내려가려다 마치 미리 연습한 듯 그녀들의 입에서 동시에 같은 말을 내뱉었다.

"혜란아."

계단을 올라오던 혜란이 고개를 뒤로 젖히고 올려다보았다.

"가는 거야?"

혜란이 물었다.

"아니, 널 기다리고 있었어."

"안에서 기다리지?"

혜란의 말에 한 녀석이 대꾸했다.

"괴물이 있어서."

"토할 것 같아."

그러자 혜란이 계단 아래쪽을 눈짓하며 그만하라는 시늉을 했다. 그러자마자 키가 커서 자못 계단 층계에 부딪힐 것 같은 남학생 하나가 올라오고 있었다. 남학생을 보자 낄낄대던 네 여학생이 입을 꾹 다물고 옆으로 비켜섰다. 남학생은 여학생들 얼굴을 흘긋 훑어보고는 계단으로 올라섰다. 문을 열고 들어가는 등에 대고 혜란이 말했다.

"소영이 그 안에 있거든."

남학생이 문 손잡이를 잡고 돌아보며 퉁명스럽게 받았다.

"나하고 상관없거든."

"아무튼, 소영이 그 안에 있다고."

혜란이 받았다.

"알았다니까!"

"굿 뉴스 전해 주는데 왜 짜증이야?"

"난 어제 놓고 간 책 가지러 왔거든."

그러고는 독서실 안으로 들어가 버렸다.

"왕재수! 짜증나!"

혜란이 툴툴거렸다.

공부 괴물 소영

민태 엄마가 현관문 안에 들어서자 소영의 동생 소망이 가장 먼저 반겼다.

"이모!"

민태 엄마는 양손에 찌개 냄비를 든 채 슬리퍼를 벗고 거실에 올라섰다. 그리고 식탁에 찌개 냄비를 내려놓으면서 비로소 거실 방에 있는 소영을 보았다.

"빨래 개?"

민태 엄마가 먼저 말을 걸었다.

"네."

"저녁은?"

"언니 오면 먹으려고요."

올해 고3인 첫째 소희는 아직 귀가하지 않았다. 소희는 제가 희망하는 요리사가 되기 위해 바로 요리학원에 다니느냐 아니면 전문대를 가느냐를 두고 무엇을 선택할지 고민하느라, 11월에 있을 수능 시험에 별반 신경 쓰지 않고 있었다. 그러나 소영은 다른 각도에서 지켜보고 있었다. 소희는 엄마가 병실에 있기 전에도 걸핏하면 이렇게 말했다.

"소영이는 공부 잘하니까 좋은 대학 갈 것이고 난 머리가 나빠 공부하고는 담쌓고 사니까 식당에서 설거지나 하겠지, 뭐."

그렇게 말하는 데는 나름 그만한 동기가 있었다. 소희는 확실히 음식을 만드는 데는 타고난 감각과 재주가 있었다. 같은 재료로 떡볶이를 만들어도 되레 엄마가 하는 것보다 더 맛있었다. 그럴 때마다 엄마 아빠는 이렇게 말했다.

"넌 나중에 식당 하면 굶어 죽지는 않겠다."

그 말을 맨 처음 들은 기억은 확실치 않지만, 초등학교 입학할 때 이미 들은 것 같았다. 말이 씨가 된다더니 바로 소희에게 해당했다 싶었다. 그 뒤 엄마는 소희에게 소영의 성적표를 들먹이면서 나무랄 때가 자주 있었다.

"넌 눈을 감고 시험 본 거니? 소영이 봐라. 전교 3등이라잖아. 근데 넌! 하위권이잖아, 완전히!"

그러면 소희의 대꾸 또한 늘 같았다.

"난 식당에서 설거지나 한다니까!"

"너 말 다 했니?"

"그건 내 말이 아니라 엄마 아빠가 한 말 아니야?"

이렇게 말했지만, 엄마가 병동으로 실려 갔을 때 소희가 가장 슬프게 울다가 기절까지 했다. 그러고도 지금껏 소희는 슬픔에 싸여 어딘가에서 방황하고 있을 게 틀림없었다.

언니가 오면 저녁을 먹으려고 한다는 말은 민태 엄마한테는 매우 서운한 말이었다. 소희가 저녁 먹을 시간을 맞추어 올 리 없다는 것을 민태 엄마는 잘 알고 있었기 때문이다. 소영의 속내가 틀어져 있다는 것을 알 수 있었지만, 그것을 겉으로 드러낼 수는 없었다.

"이모, 피자 없어? 난 피자 좋아하는데."

소망이가 민태 엄마 바짓가랑이에 붙어서 칭얼대듯 말했다.

"깜박했구나. 다음에 사 줄게."

"치!"

소망이는 입을 삐쭉하고는 텔레비전이 있는 방으로 들어가 버렸다. 저 녀석이 언제 커서 철이 드나. 민태 엄마는 속으로 생각했다. 이제 여섯 살, 늦둥이를 낳았다고 좋아하던 소영 엄마의 얼굴이 생생하게 떠올랐다.

"아줌마, 고마워요."

소영이 수건을 안고는 말했다. 소희와 소망은 민태 엄마를 늘 이모라고 불렀다. 그러나 소영이는 한 번도 부른 적이 없다. 태도도 어찌 보면 상당히 예의 바르다고 할 수 있지만 다른 면으로 보면 매우 형식적이고 만들어진 태도였다. 민태 엄마는 그게 늘 서운했다.

"고맙긴."

"제가 부담돼서 그러죠. 우리끼리 해 나갈 수 있거든요.

민태 엄마는 말 그대로 정이 뚝 떨어졌다. 말의 의미도 그렇거니와 말투도 서릿바람이 스치듯 싸늘했다. 그런 점에서 공부하고는 먼 아들 민태가 차라리 낫다는 생각을 했다. 비록 민태의 성적은 전교에서 뒤로 처지지만 마음 씀씀이며 사회성은 뛰어나다. 물론 그런 태도에 공부까지 잘한다면 더 말할 나위가 없겠지만, 이미 훌쩍 커 버린 아들에게 자기 식대로 커 달라 안달하는 것은 스스로 복을 터는 격이라는 생각이 들곤 했다.

"많이 부담되니?"

민태 엄마는 속내가 드러나지 않도록 신경 쓰며 상냥하게 물었다.

"많이는 아니고요."

"내일부터 오지 말까?"

잠시 냉랭한 기운이 흐르고 소영이 차분하게 말했다.

"엄마 생각이 자꾸 나서 그래요."

그 말 한마디에 민태 엄마의 굳었던 마음이 한여름 철판에 떨어진 아이스크림 조각처럼 사르르 녹아 버렸다. 민태 엄마는 자신의 키와 비슷하게 커 버린 소영을 대뜸 끌어안았다.

"소영아!"

소영의 떨림이 가슴으로 전해졌다. 그대로 소영이 소리 내어 울 것이고, 그렇게 되면 어떻게 위로하고 자신도 울어야 할지 참아야 할지를 가늠해야 했다. 그러나 이어지는 소영의 행동은 말 그대로 반전이었다. 소영은 끌어안은 민태 엄마를 밀어내며 냉랭한 목소리로 말했다.

"이러지 마세요. 저 울고 싶지 않아요."

그러고는 민태 엄마의 품에서 빠져나가 수건을 끌어 안고 욕실로 들어갔다. 그때 소망이 나타나지 않았다면 그 황당함과 불쾌함에 한참 괴로워했을 것이다.

"이모, 있어서 좋다." 하고 소망이가 민태 엄마에게 살포시 기대며 말했다.

"텔레비전 다 봤어?"

"응, 별로 재미없어. 아빠한테 전화해서 피자 사 먹는다고 할게. 기다려 이모."

"아니야, 저녁 먹어야지."

"피자도 먹고, 밥도 먹고."

그 사이 욕실에 수건을 차곡차곡 넣어 놓고 나온 소영이 안방으로 들어가는 게 보였다.

안방으로 들어간 소영은 엄마가 눕던 침대 위에 아무렇게나 몸을 던졌다. 그러고는 이불을 뒤집어쓰고 울부짖었다.

"엄마! 나 왜 이러는지 모르겠어! 엄마, 어떡해야 해!"

민태 엄마가 이상한 낌새를 느끼고 안방에 들어왔을 때 소영은 쓰레기통을 끌어 안고 토하고 있었다.

퇴마사 민태

"야, 너 퇴마사라며?"

"그래서?"

민태가 윤민의 말을 되물었다.

"괴물도 퇴치할 수 있어?"

잠시 생각에 잠긴 민태가 갑자기 친구를 향해 주먹을 올리며 대꾸했다.

"죽을래!"

친구는 재빨리 몸을 피해 두어 발짝 물러났다. 민태가 굳은 표정으로 잠시 노려보고는 한마디 덧붙였다.

"너 앞으로 소영이하고 관계되는 말하면 알아서 해."

"알았어, 짜샤."

그러잖아도 민태는 소영이 말만 들으면 짜증이 났다. 민태 엄마와 소영 엄마가 자매처럼 지낸다는 것은 학년 아이들이 모두 알

정도였다. 더구나 민태나 소영이나 학교에서 모르는 아이가 별로 없을 정도여서 좀 쑥스러울 때가 많았다. 소영은 학교에서 이른바 수재로 알려져 그러했고, 민태는 일진인 광표 패거리 녀석들도 마구 대할 수 없을 정도로 태권도며 합기도 실력자라는 것이 잘 알려졌기 때문이다.

소영의 이름을 들먹일 때마다 더욱 짜증 나고 열 받는 것은 하늘과 땅처럼 차이 나는 성적 때문이기도 했다. 소영은 전교 1% 안에 드는 수재 소리를 듣지만, 민태는 좋게 말해서 '짱', 제대로 말해서 '노는 아이'이다. 그러다 보니 학부모는 자기 자식이 민태와 가깝게 지내지 않길 바랐다. 하지만 또래에게는 제법 인기가 높았다.

그날 기타를 메고 교실로 들어서자 어떤 녀석이 큰 소리로 말했다.

"민태, 기타리스트로 데뷔했대!"

그러자 모두의 시선이 민태에게 쏠렸다. 민태는 열없게 웃으며 대꾸했다.

"기타가 아니라 나한테는 퇴마 도구야, 짜샤."

"맞아! 오늘 제대로 퇴마술을 보여 줘."

"알았어."

민태가 퇴마술을 보여 줄 시간이 되었다. 음악 선생님이 출석 체크를 하고 나서 말했다.

"오늘 실기 시험 있는 거 알지?"

"네."

대답하는 녀석이 있는가 하면 저하고는 아무 상관 없다는 듯 옆 친구와 잡담하는 녀석도 있고 엎드려 조는 녀석도 있었다.

번호대로 음악 선생님 앞에 섰다. 마침내 모두의 호기심을 일으키는 민태가 기타를 들고 앞으로 나갔다.

"기타 배운 지 얼마나 됐어?"

선생님께서 물었다.

"두 달요."

아이들이 까르르 웃었다.

"성의가 좋았어. 무엇인가에 도전한다는 것은 아주 좋은 일이지."

민태는 양어깨를 으쓱해 보였다.

"멜빵이 없는데, 발판 없어도 돼?"

말이 떨어지자 반 아이 가운데 클래식 기타를 들고 온 아이가 발판을 가지고 나왔다. 그것을 보던 민태가 퉁명스럽게 말했다.

"됐거든. 뮤지션은 그런 도구가 필요 없다고."

"시작해."

선생님의 말씀에 민태는 의자를 끌어내 그 위에 오른발을 척 얹고는 기타를 연주하기 시작했다. 〈로망스〉였다.

연주한 지 두 소절도 채 못 되어 틱틱거리는 잡음을 반 가까이 채웠다. 선생님은 어이없다는 표정으로 바라만 봤다.

마침내 연주가 끝났다. 아이들이 야유하듯 "앙코르"라 외쳤다. 민태가 헤벌쭉 웃고는 선생님을 향해 물었다.

"한 곡 더 연주할까요?"

민태의 말에 대한 선생님의 대답은 간단명료했다.

"장난하니?"

"전 최선을 다했는데요?"

민태도 대들 듯 대꾸했다.

"최선을 다한 게 그 정도야? 특별히 봐줄 테니까 노래 한 곡 더해. 그렇게 한 데도 기본 점수 나올까 말까니까."

"뮤지션은 자존심으로 사는 겁니다."

"알았어. 들어가."

민태는 여전히 웃는 얼굴로 서 있었다.

"좋게 말할 때 들어가라고!"

"원하시면 노래할게요."

"너, 정말."

"그럼 〈Take me home country road〉를 불러 드리죠."

그러고는 G코드를 잡자마자 노래를 시작했다.

Almost heaven west Virginia

Blue Ridge Mountains Shenandoah river

Life is old there older than the trees

Younger than the mountains blowin' like a breeze……

아직 변성기인 민태는 높은음에서 끝내 목소리가 갈라지고 말았다. 반 아이들이 야유하듯 깔깔거리며 외쳤다.

"민태 짱!"

"퇴마사, 아자!"

노래를 마쳤다. 음악 선생님 얼굴이 붉으락푸르락했다.

민태가 음악 선생님 앞에 바로 섰다. 마치 군인이 그러듯 다리를 모으고 차렷 자세로 서서 공손하게 허리를 굽혀 인사했다. 천천히, 아주 정중하게. 그리고 돌아서는 사이 굳었던 선생님의 얼굴이 환하게 풀어지며 끝내 미소를 지었다. 그러고는 혼잣말처럼 한마디 흘렸다.

"넌 어떻게 해 볼 수 없는 녀석이야!"

여학생 차례가 되었다. 민태네 반 스물여덟 명 가운데 성적순 10위권 내에 여학생이 여덟 명 있는데 그 성적이 음악 실기 시험에서도 그대로 나타나고 있었다. 평소에는 내숭을 떨지만 일단 점수하고 상관있으면 적극적인 게 여학생들이었다. 마치 인류 역사 2백만 년 가운데 199만 3천 년 동안 주도권을 잡았다가 농업혁명 이후 남자에 종속된 삶을 살던 인류의 할머니를 위한 복수라도 하듯.

피아노를 치기도 하고 율동과 함께 노래하기도 하고 나름대로 최선을 다해 실기 시험을 보았다. 분위기가 일단 그렇게 잡히자 경쟁적이었다. 마침내 괴물 소영의 차례가 되었다. 일어선 소영이 민태에게 다가갔다. 모두의 호기심 어린 시선이 그쪽에 쏠렸다. 소영은 아무 말 없이, 당연하다는 듯 민태 책상 옆에 세워 놓은 기타를 들었다. 당황하는 민태와 달리 소영은 어색함 없이 그 기타를 들고 앞으로 나아갔다.

그러고는, 선생님께 인사를 한 후 기타를 어깨에 메었다.

디리리링

기타 줄 여섯 가닥을 드르륵 훑어 내린 후 코드를 잡았다. 그러고는 노래를 시작했다.

얼어붙은 달그림자 물결 위에 차고 한겨울에 거센 파도 모으는 작은 섬……

박자가 정확했다. 음도 대체로 정확한 편이었다. 다만, 목소리가 약간 쉬어 있었는데 되레 쉰 목소리가 더 매력적으로 들렸다.

노래가 끝나자 반 아이들은 충격에 빠졌다. 공부 괴물 소영이 그런 재주를 가지고 있는 줄은 아무도 몰랐다. 아니, 단 한 사람, 민태는 대충 알고 있었다. 소영 엄마가 기타를 쳤으니, 어렸을 때부터 소영도 엄마의 기타로 코드 몇 개쯤은 잡을 수 있으리라는 짐작은 됐다.

"기타 배운 지 오래됐니?"

선생님께서 물었다.

"조금요."

"한 곡 더 해 줄 수 있어?"

음악 선생님의 말씀에 반 아이들이 일제히 손뼉을 쳤다.

"앙코르! 앙코르!"

잠시 망설이던 소영이 다시 기타 코드를 잡았다. 그러고는 민태가 엉터리로 불렀던 존 덴버의 〈Take me home country road〉를 불렀고 끝나자 모두 손뼉을 쳤다.

소영과 늘 라이벌이던 수진만 옆의 아이와 나직하게 속삭였다.

"쟤 엄마, 암으로 곧 죽는다는 말 맞아?"

다음날 오전 수업 시작 전, 교내 백일장 결과를 발표하겠다는 국어 선생님의 목소리가 스피커를 통해 들려왔다. 2학년 3반 아이들의 시선이 모두 혜란에게 잠깐 쏠렸다. 시선이 쏠렸다기보다 흘깃 돌아봤다는 표현이 맞을 것이다. 그러고는 이내 자기가 하던 일을 계속했다.

발표는 차하부터 차상, 그리고 우수, 이어 장원을 발표하기 전에 스피커가 텔레비전에서 가요대상 수상자를 발표하기 직전을 흉내 내듯 잠깐 소리가 끊겼다가 발표되었다.

"2학년 3반 남, 혜, 란."

손뼉 한 번쯤 쳐줄 만도 한데, 반 아이들은 하나같이 당연하다는 투었다. 혜란 또한 당연하다는 듯이 아무런 표정 변화 없이 아까부터 리시버를 낀 채 휴대전화로 앵그리버드 게임을 하고 있었다.

스피커로 방송을 들으면서 민태는 혜란의 얼굴을 떠올렸다. 민태는 사람 좋아하고 어울리기 좋아하며 남을 돕기 좋아한다. 동에 번쩍 서에 번쩍 뛰어다니는 것을 좋아한다. 그 때문에 어려서부터 도둑을 쫓고 잠복 후에 범인을 잡아 쇠고랑을 채워 경찰서로 끌고 가는 멋진 형사가 되겠다는 게 꿈이었다. 따라서 머릿속은 나쁜 도둑놈 쫓아가서 붙잡아 끌고 가고 깡패와 싸워 모조리 때려눕히는 생각들로 꽉 차곤 했다.

민태는 어렸을 때 순둥이에다가 울보였다. 유치원 다닐 때까지도 아이들이 때리면 맞을 줄만 알았지 때릴 줄을 몰랐다. 때리면 상대가 죽을 것 같고, 맞으면 억울해서 울었다. 그런 민태의 속마음도 모르고 아빠는 민태를 유치원 때부터 태권도장에 다니게 했다. 그리고 태권도장에서 비로소 자신의 주먹으로 사람을 아무리 때려도 죽지 않는다는 것을 깨달음과 동시에 울지 않게 되었다.

그 후 민태가 좋아하는 책은 무협 만화와 무협 소설이었다. 그리고 영화도 무협 영화를 가장 좋아했다. 그러다 머리가 크고 나서는 스릴러 영화를 좋아했고, 그중에서도 범죄 영화를 가장 좋아하게 되었다. 그러면서 사람을 괴롭히거나 남에게 해코지하는 범인을 잡는 멋진 형사가 되고 싶었다.

경찰관, 그중에서도 형사가 되겠다는 꿈을 부풀려 가던 어느 날

세상일은 그리 쉽지 않으며 형사가 된다는 것 또한 쉽지 않다는 것을 깨닫게 되었다. 소영 엄마가 병원에 입원한 작년 여름이었다. 엄마 따라 소영 엄마가 입원해 있는 병원에 갔는데, 그곳에서 경찰관인 강 경위를 만났다. 인사를 하자 강 경위는 반갑게 맞으며 그러잖아도 경찰관이 되겠다는 말을 들었다면서 덧붙였다.

"멋진 내 후배가 생겨서 기뻐."

"감사합니다."

민태가 굽실했다.

그런저런 대화 끝에 강 경위가 물었다.

"범인을 잘 잡는 것도 중요하지만, 형사는 우선 유식해야 해."

"공부를 잘해야 한다고요?"

"공부도 공부지만, 무엇보다도 중요한 것은 법률 지식이 풍부하고 또 글을 잘 써야 하지."

법률 공부를 많이 해야 한다는 것은 이해하지만, 글을 잘 써야 한다는 말을 듣는 순간, 머리가 쥐가 날 만큼 저렸다. 스스로 글 쓰는 것하고는 거리가 멀다고 늘 느끼고 있는 민태였다.

"글을 잘 써야 한다고요?"

"당연하지. 범인을 체포하면 우선 범죄인지보고서를 써야 하고, 조서를 받아야 하거든."

"조서가 뭔데요?"

민태가 되묻는 말에 강 경위는 어이없다는 듯 물끄러미 쳐다보다가 대상이 덩치만 컸지 중학교 2학년생이라는 것을 깨달으며 빙긋이 웃었다.

"범인을 붙잡아서 그대로 끌고 가면 다 되는 게 아니야. 범인을 조사해서 꼼짝 못 하도록 글로 꾸며 기소되게 하는 것이 더 중요해."

기소라는 말도 어렴풋했지만, 그 뜻은 대충 알아들을 것 같았다.

그때부터 민태는 고민에 빠졌다. 범인 잡는 것은 자신 있지만, 글을 써서 범인이 꼼짝 못 하게 한다는 것은 자신이 없었다. 그래서 형사와 비슷한 직업을 찾던 중 소방관이 되는 것도 괜찮겠다는 생각마저 하게 되었다. 소방관이 되어 불도 끄고, 산이나 바다 등에 가 조난당한 사람이나 외국 지진 현장에 뛰어가 다친 사람들을 구하며 마구 뛰어다니는 것도 괜찮다는 생각이었다.

그런 열등감을 가진 민태가 혜란 때문에 또 예민해지고 말았다. 학교에서도 그렇고 학교 밖에서도 심심치 않게 글을 써서 상을 받는 혜란이 글쓰기 괴물로 보였다.

예비 작가 혜란

"엄마, 다녀왔습니다."

현관 안으로 들어서던 혜란은 멈칫했다. 엄마일지도 몰라. 속으로 뇌었다. 설마 그럴 리가 없다고 생각하고 싶었다. 그러나 결국 그것은 사실이 되고 말았다.

"할, 할머니."

"그래, 잘 다녀왔어?"

혜란은 편치 않았지만, 자신을 예뻐하는 할머니의 마음을 생각해 차분히 인사했다. 그러고 보니 약속한 날이 오늘이었다.

혜란은 방에 들어가 편한 운동복으로 갈아입은 후 침대에 벌렁 누웠다. 조금이라도 할머니와 거리를 두고 싶었다. 몸과 마음 모두 쉬고 싶었다.

저번 교내 백일장에서 장원했기 때문에 이번에는 거푸 장원이 되리라고는 생각하지 않았다. 순번에 의해 3학년 언니에게 돌아갈 것으로 여겼다. 그런데 역시나 혜란이 장원을 먹었다. 특히나 이번에는 혜란이 자신 있는 소설 부문이어서 예상은 하고 있었다. 혜란의 생각에 3학년 언니는 소설이나 동화 같은 창작 실력은 자신보다 한 수 아래였다. 물론 운문 부문에서는 따라갈 수 없지만.

장원이 된 기분으로 칙칙한 마음을 위로받고 싶었는데, 이제 곧 그 기분이 모두 깨질 판이었다. 깨질 때 깨지더라도 되도록 조금이라도 더 늦추자는 배짱으로 눈을 감았다. 편안해지며 눈두덩이 무거워졌다. 이대로 잠들었다가 5시에 일어나 곰 선생 댁에 가야지. 그런 생각을 하고 있는데, 휴대전화의 진동이 느껴졌다. 누구야! 속으로 짜증을 내며 혜란은 휴대전화를 들여다봤다.

뭐해?

할머니의 문자였다. 혜란과는 다르게 눈이 세모난 데다 도끼처럼 날 선 할머니의 눈을 생각하는 것만으로도 혜란은 주눅이 들었다.

"네 할머니 눈매에 얼마나 많은 선생님이 맥을 못 췄는지 아니?"

엄마의 말이었다. 여고 교감으로 정년퇴직한 할머니는 그 학교에서 엄하기로 아직도 신화 같은 존재로 남아 있다고 했다. 당시 그 학교에 다니던 엄마도 그 눈매와 다부진 목소리를 무서워했는데, 어쩌다 지금 그 무서워하던 교감 선생님의 며느리가 되고 말았다.

혜란은 가슴을 두 번 쓸어내리고 도끼 빗으로 머리를 빗어 내린 후 거실로 나섰다.

"피곤해?"

할머니가 물었다. 그 목소리는 아주 사무적이어서 조금도 정이 느껴지지 않았다.

"조금요."

"앉아라."

할머니는 식탁 맞은편을 가리켰다. 소파가 아니고 딱딱한 식탁 의자에 앉게 하는 데에는 나름대로 의도하는 바가 있다는 것을 느낄 수 있었다.

혜란이 앉자 할머니가 말을 꺼냈다.

"할머니 말이 옳았지?"

혜란은 당혹스러웠다. 할머니 말에 대해 생각 좀 해 봤어? 그런 말을 꺼낼 줄 알고 미리 '예'라는 대답을 만들어 놓았었다. 그런데 대뜸 '옳았지?'라고 단정하는 말이 닥치자 머릿속이 하얗게 비워지고 말았다.

"왜 대답이 없어?"

할머니가 다잡았다.

"지금, 저어기…."

"저기 뭐. 옳았다고?"

"아직 결정하지는 않았지만, 지금 생각으로는…."

"지금 생각으로는?"

"아무튼, 글을 쓰고 싶어요."

"대학교 들어가서지?"

할머니는 단호한 목소리로 끝맺듯 말했다.

혜란은 잠시 뜸을 들이고 나서 대꾸했다.

"일단은 예술 고등학교에 입학하고 싶어요."

이번에는 할머니가 말이 없었다. 조금은 각을 잃고 동그래졌던 할머니의 도끼눈이 좁아지면서 원래 상태대로 날카로워졌다.

"네 오빠도 끝내 내 말 안 듣고 음악 한다고 하더니…."

할머니는 늘 하던 말을 꺼내다 중도에서 그쳤다.

혜란 오빠는 중학교 2학년까지는 공부를 잘했다. 상위권이었다. 그러다 3학년 때부터 음악에 빠지더니 고등학교 2학년에 자퇴를 하고 검정고시를 거쳐 대학교에 들어가 실용음악을 전공했다. 그러다 학교도 제대로 마치지 않은 채 남미 아르헨티나로 떠나 버렸다. 군대에 가야 할 나이인데도 아직 귀국하지 않아 애를 태우는 중이었다.

"고집을 꺾지 않겠다고?"

할머니가 다잡았다.

"네."

"예술가는…."

"예술가는 유명해지기 전에는 거지다."

하도 많이 들어 머릿속에 조각칼로 새겨진 그 말로 혜란이 받아

쳤다.

"그래서, 거지가 돼도 좋다는 말이지?"

그쯤에서 할머니의 마음을 위로해 주는 게 도리고 최선이라는 생각이 들었다.

"영국 왕실보다 더 부자인…."

"조앤 롤링은 특별한 경우야."

"우리 나라도 작가로 성공한 사람 많아요."

"몇 안 돼. 대개 거지가 됐거나 거지처럼 사는 사람이 훨씬 많다고."

"…."

혜란은 입을 꾹 다물었다.

"내 손녀딸이 비렁뱅이가 되어 내 연금에 빨대 꽂고 빨아먹는 꼴 난 못 봐."

"굶어 죽어도 할머니 연금에 빨대 꽂지는 않을 거예요."

"네가 그렇게 한대도 난 어쩔 수 없이 빨대를 꽂아 네 입에 물려 주게 될 거야."

그 말에 혜란의 눈이 화끈 뜨거웠다. 혜란은 의자에서 일어났다. 그러고는 할머니 등 뒤로 돌아가 할머니를 꼬옥 끌어안았다.

"할머니, 절대로 그런 사람이 되지는 않을 거예요."

할머니가 가슴에 있는 혜란의 손을 잡았다. 손이 차가웠다.

"심한 소리 해서 미안하다. 어쨌든…."

"어쨌든 해 보고 나서 아니다 싶으면 바로 할머니가 하라는 대로 할게요."

"그게 아니고, 어쨌든, 난 네가 사회에서 필요한 여자가 되길 바랄 뿐이야."

혜란은 '작가도 사회에서 필요해요.'라고 말하고 싶었지만 혀를 말아 붙이고 입술을 떼지 않았다.

할머니가 돌아간 후 혜란은 벽시계로 눈길을 옮겼다. 4시가 지나 있었다. 혜란은 노트북을 챙겨 들고 밖으로 나섰다.

문예창작 강의를 하며 소설을 쓰는 곰 선생 댁 현관문을 들어서면 두 가지 냄새를 동시에 맡을 수 있다. 하나는 촛불 냄새이고 다른 하나는 커피나 차 냄새다. 곰 선생이 집에 있는 날은 촛불을 켜 놓고 커피나 차를 마셨다.

오늘은 촛불 냄새가 더 강했다.

"들어와."

곰 선생이 혜란을 맞았다. 방마다 책장이 있어 책으로 둘러싸인 듯한 인상을 주는 곰 선생은 오늘따라 모자를 쓰지 않고 흰머리를 그대로 드러냈다.

자리에 앉자마자 곰 선생이 말했다.

"마저 써 왔어?"

"네."

혜란은 노트북을 열고 파일을 찾아 열어 곰 선생 앞으로 내밀었다. 곰 선생은 진지한 표정으로 모니터를 보았다. 어느 순간 얼굴에 미소가 배어 나왔다. 긴장했던 혜란의 표정에도 미소가 배어 나왔다.

"됐는데, 결말에 반전이 있으면 좋겠어."

"어떻게요?"

혜란이 되물었다.

"검은 비닐봉지에 든 순대를 할머니에게 주고 가는 것으로 끝내면 너무 밋밋하잖아?"

"…."

잠시 생각에 잠긴 후 곰 선생이 말했다.

"내 생각에는 할머니가 갑자기 무릎을 꿇으며 '고마워요. 고마워요. 언니' 하고 외치도록 하면 어떨까?"

"주인공이 여학생인데요?"

곰 선생은 아무 말 없이 혜란을 주시했다. 뒤늦게 혜란은 곰 선생의 말뜻을 알아차렸다.

"아, 그러니까, 할머니는 치매가 있군요."

"그렇지."

"어릴 적 소녀로 돌아간 거지요?"

"내 생각일 뿐이야. 순발력 있는 그 머리로 더 획기적인 아이디어를 찾아내 봐."

"네."

오늘은 '은행털이'라는 제목으로 콩트를 쓰기로 했다. 파출소에서 전화가 왔다. 댁의 아들이 은행을 털다가 파출소에 와 있다는 경찰관의 전화였다. 집안은 당장 혼란에 빠졌다. 당황하여 허둥지둥 파출소로 뛰어간 부모는 정신적 혼란에 빠지고 말았다. 아들은 친구들과 파출소 근방에 있는 공원에서 야구를 하다 야구방망이를 던져 은행나무에서 은행을 털었고, 공원경비 아저씨가 말리는데도 듣지 않고 그 짓을 계속하다가 파출소에 끌려왔다는 내용이다.

혜란은 주인공의 아들을 재수생 2년 차로 정하고 글을 쓰기 시작했다. 분량은 원고지 열다섯 장 내외였다.

마침내 과제를 끝냈다. 한 시간 반이 걸렸다. 쓴 글을 고쳐서 이메일로 보내기로 하고 나서 혜란은 곰 선생네 오기 전에 할머니와 있었던 이야기를 꺼냈다. 묵묵히 듣고 있던 곰 선생이 대답했다.

"창작은 예술이야. 예술을 하는 사람은 비록 밥을 빌어먹어도 행복하지."

"…"

혜란은 곰 선생의 그 말에는 동의하고 싶지 않았다. 예술이 아무리 고결하고 고차원의 행복을 가져다준다손 치더라도 얻어먹는 거지가 된다는 것은 받아들일 수 없었다. 그래서 대꾸하지 않고 곰 선생의 다음 말을 기다렸다.

곰 선생은 혜란의 마음을 훤히 읽고 있는 듯 빙긋이 웃고 나서 말을 이었다.

"하지만 이건 분명해. 작가가 비록 힘들고 자못 가난해질 수는 있다 하더라도 옛날처럼 거지 취급을 받지 않는다는 것을. 옛날에는 작가 하면 풍류를 좋아하고 술을 좋아하고 글 쓰는 사람들과 어울려 놀기를 좋아한다는 인식이 일반적이었지. 그러다 보니 거지꼴로 산 분들이 많았던 건 사실이야. 그러나 지금은 어디까지나 직업인으로서 프로페셔널하게 자기관리를 철저히 하는 게 진정한 작가라는 인식으로 바뀌어 있거든."

혜란은 알아들었다는 뜻으로, 그 말에 동의한다는 뜻으로 고개를 끄덕였다. 곰 선생이 이어 말했다.

"그리고 지금은 작가가 나아갈 길은 얼마든지 많아. 논술지도사도 있고 카피라이터도 있고 출판사 일도 있고 등등. 제3의 물결이 지나고 나면 앞으로는 콘텐츠의 시대가 온다는 말이 있지. 그 콘텐츠는 바로 창작이고, 그 창작을 쉽게 풀이하면 이야기의 다른 말이지."

"이야기요?"

"모든 콘텐츠에는 스토리가 있어야만 비로소 살아남을 수 있다는 뜻이지."

집으로 오면서 혜란은 내내 곰 선생의 마지막 말을 곱씹었다. 스토리, 콘텐츠, 이야기, 스토리, 콘텐츠…….

자유학기제는 무엇일까?

자유학기제 운용 목적은?

자유학기제를 운용하는 목적은 학생들이 스스로 꿈과 끼를 찾고, 자신의 적성과 미래에 대해 탐색·설계하는 경험을 통해 지속적인 자기 성찰 및 전인교육의 기회를 제공하기 위해 시행하게 되었습니다. 이것을 통해서 지식과 경쟁 중심의 교육을 자기 주도적, 미래지향적인 창의성·인성·사회성 등을 기를 수 있는 교육으로 바꾸려고 하는 것입니다. 이런 변화를 통해 공교육이 달라지고 학부모와 학생의 신뢰를 얻어 결국 학생이 행복한 학교생활을 만들어 나갈 수 있습니다.

자유학기제 운용 기본 방향은?

자유학기에 집중적인 진로수업 및 체험을 실시해서 진로교육을 활성화하고 학교 교육과정 자율성을 크게 늘릴 예정입니다. 자유학기제 대상 학기는 학생들의 발달 단계를 고려해서 결정할 것이며 자유학기제가 실행되는 기간에는 중간·기말시험은 치르지 않고, 학생의 기초적인 성취 수준 확인 방법 및 기준 등은 학교별로 마련됩니다.

자유학기제 운영 체계는?

교수 학습 방법	교육과정 편성	평가
참여와 활동 유도 공통과정(기본 교과) -문제 해결, 의사소통, 토론 등 (국어·영어·수학) -실험, 실습, 현장 체험, 프로젝트 학습 등(사회·과학 등) 자율과정 -학생 흥미, 관심사 등을 반영한 프로그램 편성	공통과정(기본 교과) -핵심 성취 기준 기반 수업 자율과정 -진로탐색 중점 모형 -동아리활동 중점 모형 -예술·체육 중점 모형 -학생 선택 프로그램 중점 모형 -혼합 모형 등	-중간·기말고사 미실시 -고입 내신 미반영 ※ 학교별 형성 평가 등 실시 학부모 기재 -'학생의 꿈과 끼와 관련된 활동 내역' 중심으로 자세하게 기록

(출처: 교육부)

이렇게 자유학기제는 학생들의 진로탐색에 중점을 두고 한 학기를 활용할 수 있는 아주 귀한 시간입니다. 그렇다면 자유학기제를 미리 준비하려면 무엇을 해야 할까요?

진로적성검사로 자유학기제
미리 준비하기

청소년들은 매우 다양한 적성을 갖고 있습니다. 성격이 다르고, 능력이 다르며, 흥미가 다양합니다. 이러한 아이들의 특성을 종합적으로 분석하여 가장 적합한 직업을 찾아내는 것이 올바른 진로설계의 출발점입니다. 자유학기제가 시작되기 전에 진로적성검사로 각자의 적성을 찾아 한 학기라는 시간을 알차게 진로 찾기에 사용할 수 있도록 설계해야 할 것입니다. 진로적성검사는 아래 사이트에서 무료로 받아볼 수 있습니다.

무료 진로적성검사 사이트
한국직업능력개발원 커리어넷
www.career.go.kr
진로심리검사를 무료로 할 수 있습니다.
심리검사를 통한 직업적성, 흥미, 가치관, 성숙도 검사 등을 통해 진로 의사결정에 유용한 정보를 제공하며 진로탐색프로그램으로 자신이 무엇을 좋아하고 어떤 직업에 관심이 있는지 탐색해 볼 수 있습니다. 또한 진로심리검사를 통해 인간 내면의 특성인 흥미, 적성, 가치관, 지능 등을 관찰 가능한 행동 특징을 통해 측정하는 도구로 객관적인 관점에서 나 자신의 특성을 파악할 수 있습니다. 이럴 통해 나에게 맞는 직업 및 학과정보를 탐색할 수 있도록 하여 진로 문제를 해결하고 의사결정을 하는 데 유용한 정보를 제공합니다.

한국가이던스
www.guidance.co.kr
자신에 대한 객관적이고 과학적인 정보를 얻기 위해 다양한 경로로 심리검사를 받는데 이 결과들은 잘 보관되지 않고 분실되어 실제 상담이 필요할 때나 참고해야 할 때 사용하지 못하는 경우가 많습니다.
한국가이던스에서는 학교나 상담기관 및 기타 여러 기관을 통해 실시하는 심리검사 결과 데이터를 개인별로 관리할 수 있도록 하였으며, 시기와 나이에 따라 변화되고 요구되는 정보를 한눈에 파악하고 심리상담전문가 컨설팅을 통한 올바른 진로선택과 적성발견, 원만한 성격관리, 자신의 능력 및 경력관리, 취업 등 자기관리 방법을 제공하고 있습니다.

서울진학진로정보센터
www.jinhak.or.kr

CDS(진로설계시스템, career design system) 프로그램을 바탕으로 심리검사, 진로설계, 진로관리에 이르는 진로적성교육의 전체 과정을 관리받을 수 있습니다. CDS 프로그램은 현재 서울시 교육청 진로진학정보센터를 비롯하여 각급 학교, 공공기관, 지자체 등과 학원 및 상담센터 등 다수 기관에서 활용되고 있고, 이 프로그램은 개인의 적성분석과 진로코칭에 대한 한국, 중국, 베트남 특허를 보유하고 있습니다.

서울시 교육청에서는 이러한 특허 받은 프로그램을 활용하여 각급 학교 학생들에게 서비스하고 있습니다. 이를 통해 선진화된 진단과 진로적성교육이 이루어지고 있습니다.

2장
난 뭘 잘하는 걸까

소영의 멘토

　최소아과 병원은 3층에 있었다. 소영은 엄마가 보름 전 119에 실려 암 병동에 입원한 이후 처음으로 최소아과 원장을 찾아갔다. 최원장은 엄마와 먼 친척 사이였다. 그러니까 엄마의 친정 외삼촌의 사촌이라던가, 그런 사이였다. 그렇게 먼 친척인데도 가깝게 지낸 것은 엄마와 고향이 같고 초등학교와 중학교 선배였기 때문이다.

　그런 점도 있지만, 더욱 끈끈하게 사이를 다질 수 있었던 것은 소영이네 가족이 모두 그곳 단골이라는 점이었다. 다음으로는 아파트 단지 내에 있는 네 개의 병원 가운데 최소아과가 가장 단골이 많은 데, 그렇게 된 요인 중 하나로 소영 엄마의 입김이 이바지했다는 점을 지나칠 수 없었다. 그런데다 소영의 장래 희망이 의사이고, 작년에 학교에서 멘토링 인터뷰 숙제를 하면서 더욱 가까워졌다. 지금 최 원장은 소영의 절대적인 멘토다.

　소영의 엄마가 입원해 있는 암 병동은 좋게 말해서 병원이지 호

스피스라고 해야 옳았다. 진통제로 통증만 완화해 주면서 편안한 죽음을 맞도록 관리하는 죽음의 대기소.

오늘은 토요일인데도 최 원장은 자리를 지키고 있었다. 토요일은 오후 4시까지 병원을 연다. 오후 3시 50분인데도 아직 환자가 여섯 명이나 있었다.

소영은 혹시 방해가 될까 봐 최 원장이 볼 수 없는 사각지대인 벤치 끄트머리, 정수기 옆에 앉았다. 그러고는 가져온 책을 펼쳤다. 항상 두세 문제를 틀려 점수가 가장 낮은 국어책이었다. 전에는 참고서 위주로 공부했는데, 작년 2학기 기말시험 때 시험해 본 방법이 가장 효과적이라는 것을 확인하고 나서는 그 방법을 중심으로 공부하고 있다. 그것은 교과서를 위주로 공부하되, 여러 번 반복하는 방법인데, 소영에게 아주 잘 맞았다.

우선 교과서를 펼치고 중간에 이해되지 않는 부분이 있더라도 그대로 놔두고 일단 끝까지 읽어낸다. 대개 시험 범위를 읽어내는 데는 한 시간 정도 걸린다. 두 번째도 첫 번째와 같은 방법으로 훑어본다. 그야말로 훑어볼 뿐이다. 이번에는 이해되지 않았던 부분 가운데 상당 부분이 이해되면서 읽는 시간은 30분으로 단축된다. 그러면 다시 똑같은 방법으로 처음부터 읽기 시작한다. 그때는 읽는게 아니라 눈에 입력된 단어를 확인하는 것 같은 느낌이 든다. 그러면 15분쯤 걸린다. 그것으로 만족하지 않는다. 또 똑같은 방법으로 시작하면 그때는 책 한 쪽 전체가 눈에 입력되어 있어 그냥 술술 넘어간다. 시간은 7분여, 그리고 다섯 번째에는 5분이면 다 훑을 수 있고 그물에 걸린 모든 내용은 영화 장면처럼 반짝반짝 지나가 버리고, 눈을 감으면 눈앞에 모두 그려진다. 처음 한 시간 걸려 읽은 내용이 이런 과정을 거쳐 완벽하게 머릿속에 입력된 것이다.

세 번째 읽는 것이라서 금세 읽고 돌아보니 환자는 두 명으로 줄어 있었다. 소영은 다시 한 번 훑어볼 수밖에 없었다. 그러고는 이번에는 국사책을 펼쳤다. 국사책은 처음이었다. 좀 소홀히 한 편이라서 바탕이 없으므로 세심하게 읽어야 했다.

"왔어?"

몰입을 깨고 들어온 말소리에 소영은 흠칫 놀라며 책에서 눈을 뗐다. 눈길을 위로 올리자 정장 차림인 최 원장의 살 많은 얼굴이 눈에 꽉 찼다. 소영은 불끈 일어섰다.

"안녕하셨어요?"

"응, 왔다고 얘기를 하지."

"그냥, 책을 읽었어요."

"잘했어. 내려가자." 하면서 최 원장은 앞서 층계 쪽으로 몸을 돌렸다. 상가 앞까지 내려온 최 원장은 소영에게 물었다.

"저녁 먹을까?"

최 원장은 운전하고 소영은 조수석에 탔다. 한참 동안 말없이 차만 몰던 최 원장이 아파트단지를 나서자 말했다.

"엄마 소식 들었어."

소영은 대꾸하지 않았다.

"그럴수록 평상심을 잃어서는 안 돼."

소영은 평상심이라는 말이 제대로 이해되지는 않았지만, 안정하면서 현실에 충실하라는 말이라는 것쯤은 추측할 수 있었다.

"네. 원장님, 감사합니다."

"무얼?"

최 원장이 대뜸 소영의 속맘을 읽고는 말을 이었다.

"평소 엄마하고 지낸 정을 생각하면 말도 안 되지만… 그나저나 엄마 계시는 곳에 문병 간다 간다 하면서도 아직 이러고 있네."

"전에 문병 와 주셨잖아요."

"지금은 다르지."

"그리고 워낙 바쁘시잖아요. 병원을 비울 수도 없고."

"이해해 줘서 고마워."

최 원장은 잠시 숨을 고르더니 물었다.

"엄마, 내내 그러시지?"

"그저께 다녀왔어요. 이제…"

소영은 목구멍까지 차오르는 먹먹함을 다스리려고 잠시 말을 끊고 주먹 침을 만들어 두 번 삼키고 나서 말을 이었다.

"편안히 가시길 빌어 드리는 일밖에 없잖아요."

"그건 그렇지.

그리고는 한동안 말이 없었다. 차창 밖으로 보이는 가로수는 이제 화려한 옷으로 갈아입을 가을을 준비하고 있었다. 죽음의 계절 인 겨울을 앞두고 마지막으로 화려하게 자신을 꾸며 보고는 할 수 없이 시간을 접고 영원 속으로 사라질 날이 얼마 남지 않았다. 마치 해가 지기 바로 직전의 서녘 노을이 가장 화려하듯이.

"공부는 잘돼?"

최 원장이 물었다. 엄마 생각에 잠겨 있던 소영이 최 원장의 말을 알아듣는 데는 잠깐의 시간이 필요했다. 소영은 잠시 생각했다. 잘 된다고 하면 엄마에게 몹쓸 딸이 될 것 같았다. 그렇다고 공부가 전 혀 되지 않는다고 하면 거짓말이고, 또 꿋꿋하게 평상심을 지키라 는, 멘토 최 원장의 말을 무시하는 것같이 들릴 수도 있었다. 소영은 당황했다.

소영의 말을 기다렸다가 최 원장이 말을 이었다.

"고통이나 슬픔, 어려움을 극복하는 길은 자기가 해야 할 일, 하 고 싶은 일에 몰입하는 수밖에 없어."

바로 그 말을 하고 싶었는데 마땅한 말이 떠오르지 않았다. 그런 데 최 원장이 대신 말해 주었다.

"네, 그렇게 생각하고 있어요."

"내가 그랬거든."

그 말에 소영은 흠칫하며 최 원장을 돌아봤다. 부잣집에서 태어 나 최고 강사들이 강의하는 최고 학원에서 공부해 의대를 가고, 그 리하여 의사가 되었을 거라고 생각한 소영에게는 뜻밖의 말이었다.

소영은 잠자코 다음 말을 기다렸다.

"우리 아버지는 술주정뱅이에다가 노름꾼이었어. 어머니의 바느질품팔이로 먹고살았지."

그제야 최 원장과 고향이 같고 학교 선배라면 어느 정도 그 사정을 알 텐데, 엄마가 한 번도 최 원장의 과거에 대해 말하지 않은 이유를 알 것 같았다. 어쩌면 엄마가 최 원장의 성장 과정을 모를 수도 있었다. 아니면 소영의 멘토이기 때문에 존경심에 흠이 갈까 봐 숨겼을 수도 있겠고.

"참고서 살 돈도 없었지. 그래서 내겐 한 가지 공부 방법밖에 없었어."

"뭔데요?"

"교과서를 통째로 외워 버렸지. 영어는 물론 수학도. 수학도 알고 보면 암기 과목 아니야?"

"그러셨군요."

"난 교과서를 외는 데 몰입하느라 가정의 어려움도 고통도 무엇도 느낄 여유가 없었어."

그러고 나서 최 원장은 고등학교 3학년 때 가장 먹고 싶었지만 먹지 못했던 것을 먹자며 어느 음식점 앞에 차를 세웠다. 그곳 간판에는 이렇게 쓰여 있었다.

'닭 한 마리'

민태의 멘토

민태는 끝끝내 그곳에 가지 않겠다고 버텼다.

"싫어, 싫다고!"

민태 엄마 목소리가 커졌다.

"어른이 널 꼭 데려오라고 말씀하셨는데 네가 싫다고 하면 그게 예의니?"

"예의든 뭐든." 하고 나서 민태는 언젠가 텔레비전 연속극에서 들은 말이 생각나 내뱉듯 던졌다.

"내 차는 내가 운전한다고요!"

민태의 말에 민태 엄마도, 옆에 서 있던 민태 여동생 민영이도 어이없다는 듯 입을 허 벌리고 말을 잃었다. 민태 엄마가 웃는 목소리로 말했다.

"어떻게 그런 유식한 말이 네 입에서 나오니?"

갑자기 민태는 쑥스러웠다. 그러나 당당해지고 싶었다.

"나도 알 건 다 안다고요."

"그래, 네 차는 네가 운전하는 게 옳지. 좋아, 그렇다면 네가 처음 가는 길을 잘 아는 사람이 안내하는데 자존심 때문에 그것을 뿌리치면 어떻게 되겠니?"

민태는 선뜻 이해되지는 않는 표정이었다. 민태의 표정을 살피고 나서 민태 엄마가 말을 이었다.

"빠르고 바른길을 인도할 사람을 뿌리치고 네가 차를 몰아봤자 시행착오를 각오해야 하고 잘못하면 엉뚱한 길에 들어서서 시간과 정력, 돈만 내버리는 꼴이 되겠지?"

"알았어요!"

민태가 퉁명스럽게 대꾸했다.

"뭘 알았다는 거야?"

"아무튼요!"

"결국, 네가 몰 차를 네 체면에 맡기는 격인데, 그래 봤자 너만 손해 아니야?"

민태는 생각에 잠기고 나서 고개를 끄덕끄덕했다.

"갈 거지?"

민태 엄마가 채근했다.

"네."

삼호숯불갈비집에 들어섰다. 이미 소영 아빠 강 경위와 세 딸이와 있었다.

"어서 오세요."

강 경위가 민태네를 맞았다. 강 경위의 얼굴은 해쓱했다.

"바쁘실 텐데, 우리까지 챙기시느라고…."

"신세만 지고 번번이 인사도 못 드렸네요." 하고는 민태를 향해 말했다.

"우리 후배님, 건강하고? 공부는 잘되시나?"

"네."

민태는 고개를 주억거리며 기어드는 목소리로 받았다.

"얘, 오늘부터는 제 차 제가 운전하겠대요."

민태 엄마가 웃으며 끼어들었다.

"그래요? 하하하! 철이 꽉 들어찼네요."

강 경위가 유쾌하게 받아들였다.

한바탕 인사가 끝나고 모두 자리에 앉았다.

"다이어트 중인 사람?"

강 경위가 큰 소리로 말하며 소영을 돌아봤다. 소영은 눈길을 식탁에 떨어뜨리고 묵묵히 앉아 있었다. 강 경위가 이어 말했다.

"자, 그럼 남의 살 먹는 거에 대해 이의 없는 거지?"

강 경위는 삼겹살과 소주 한 병을 주문했다. 식탁에 안주와 소주 한 병이 놓이자 강 경위가 소주병 마개를 따려다 말고 주위를 둘러보며 물었다.

"지금 여기서 이 술을 마시는 게 좋을까 마시지 않는 게 좋을까?"

갑작스러운 물음에 민태 엄마는 물론 아이들도 대답하지 못하고 서로의 눈치를 보았다. 그때 소영이 말했다.

"마시지 않는 게 좋죠."

"왜?"

"어른들의 모습은 앞으로 우리가 될 모습이니까요."

말 그대로 썰렁한 분위기가 됐다. 강 경위가 소주병에서 손을 떼며 그 말에 답을 주었다.

"고맙다. 경찰관 직업이 남이 놀 때 바쁘고 집안일에 소홀할 수밖에 없다고 늘 핑계 댔지만, 사실은 그렇지 않아. 얼마든지 가정생활에 충실할 수 있었어. 다만……."

강 경위의 말이 멈춰졌다. 모두 긴장했다. 아니, 울적해졌다. '다만'이라는 말에 울컥하는 끈적끈적함이 묻어 있었다. 잠시 시간이 흐르고 나서 강 경위가 말을 이었다.

"다만, 잘못된 내 행동 때문이었어. 그리고 그 잘못된 행동의 중심에는 이 술이 있었지. 경찰관은 스트레스가 많이 쌓이는 직업이라서 그 스트레스를 없애려면 술을 마셔야 한다는 의식 자체가 잘못됐던 거야. 그게…… 그게 자꾸만 후회돼."

강 경위는 끝내 눈물을 보이고 말았다.

"아빠!"

소영이 강 경위의 손을 잡았다.

"아빠!"

소희가 끝내 울음을 토하며 강 경위의 가슴에 머리를 묻었다. 민태 엄마가 손수건으로 눈물을 찍어냈다. 소망도 눈물이 그렁했지만, 상황을 이해 못 했는지 울지는 않았다.

민태는 천장으로 눈길을 보냈다. 그러고는 나직하게 제 생각을 말했다.

"어른들은 모두 바쁘지 않아요? 우리 아빠도 새벽 한두 시에 들어오시거든요."

목소리는 나직했지만 모두 그 말을 듣고 훌쩍이던 소리며 움직임 없이 조용해졌다. 서늘해졌다고 해야 맞는 표현일 것이다.

"맞아요. 아빠만 바쁜 건 아녜요. 어른들은 다 바쁘거든요. 특히 많은 사람의 선망의 대상인 의사들은 더욱 그렇대요. 온종일 환자의 생명을 다루고 그게 평생 이어진다고 생각해 보세요. 사회에서 부러워하는 직업일수록 그만큼 스트레스를 더 받고 힘들다는 말이 겠지요. 다만…"

소영이 냉랭한 말투로 말을 꺼냈다. 이번에는 모두의 시선이 소영에게 쏠렸다. 소영이 말을 이었다.

"다만 어떻게 하면 조금이라도 가족과 함께 보내려고 노력하느냐에 달렸다고 생각해요. 똑같은 직장, 똑같은 일을 하는데도 요새는 아빠가 우리와 같이 있는 시간이 옛날보다 몇 곱은 되잖아요?"

강 경위는 휴지로 눈물을 훔치며 고개를 끄덕였다. 민태 엄마가 결론짓듯 말했다.

"소영이 말이 맞아요. 의사인 우리 시아주버니도 3년 전만 해도 가족과 같이 있는 시간이 거의 없었대요. 그런데 아들이 우울증으로 오랫동안 시달리는 것을 보고는 마음을 고쳐먹었답니다. 알고 보니까 간단하더래요. 욕심을 버리니까 됐답니다. 의사라면 신분보장이 됐기 때문에 의식주 걱정은 하지 않아도 되는데 조금이라도 더 벌려고 아등바등했던 것은 순전히 그 동네 레벨에 맞춰 살아야 한다는 욕심 때문이었다는 거예요. 지금은 칼퇴근에 당번이 아니면 토요일 일요일은 꼭 문을 닫는답니다."

민태가 끼어들었다.

"사촌 형 말로는 칼퇴근에 빨간 날 꼭꼭 노는데도 수입은 더 늘었다던데요?"

"일체유심조라는 말이 맞는 것 같습니다."라고 강 경위가 말하자 소망이 뜻을 묻자 소영이 대답해 줬다.

"만사일체유심조(萬事一切唯心造), 세상 모든 일은 마음먹기에 달렸다는 말이야."

"뭔 말인지 모르겠어."

소망이 고개를 갸우뚱했다.

마침 주문한 음식이 나오기 시작했다.

"자, 오늘만은 슬픈 생각하지 말고 맛있게 먹자!"

강 경위가 웃으며 크게 말했다.

"네, 그렇게 해요!"

민태 엄마가 거들었다.

"아빠를 위하여!"

소망이 물컵을 들어 올리며 외치다시피 말했다. 그 행동이 너무 어른스러워 모두 까르르 웃었다.

불판에서는 돼지고기가 익어 갔다. 익는 대로 아이들이 집어먹어서 강 경위는 그저 젓가락을 든 채 먹는 모습만 바라보고 있었다. 민태 엄마가 나직하게 소영에게 말했다.

"아빠께 고기 좀 드려."

그제야 소영은 접시에 고기를 담아 강 경위 앞에 놓았다.

"아빠, 많이 드세요."

민태가 불판으로 가져가려던 젓가락을 멈췄다. 이어 민영이 그랬고, 일곱 살배기 소망도 그랬다. 그 모습을 보면서 강 경위가 웃는 낯으로 말했다.

"왜 그러고들 있어? 어이 먹어."

"아저씨 드세요."

민태가 말했다.

"아빠 먼저 드세요."

소망이가 뒤이어 말했다.

"그래, 같이 먹자."

강 경위는 흐뭇한 얼굴로 아이들을 둘러보았다.

불판에서 구워진 10인분의 삼겹살은 순식간에 사라져 버리고 지글거리는 기름만 남았다.

"5인분 더요."

배가 어느 정도 차자 이런저런 이야기가 시작됐다. 아이들은 아이들대로 학교와 유치원에서 있었던 이야기를 주고받았다.

강 경위와 민태 엄마는 학부모끼리 통하는 정보에 대해 잠깐 의견을 나누었다. 학원에 대한 말, 학교나 동네에서 있었던 자질구레한 이야기 등이 다였다. 그러다 보니 대화는 불과 20분 만에 끝나고 말았다. 아무리 아이들이 옆에 있다고 해도 이야기가 길어진다는 게 어색할 수밖에 없었다.

잠시 어른들 사이에는 침묵이 끼어들자 강 경위가 그때쯤 휴대전화를 들여다보고 있는 민태에게 말을 걸었다.

"글 잘 쓰니?"

민태는 움찔하며 강 경위를 쳐다봤다.

"저요?"

"응."

"형편없어요."

대꾸하고서는 양어깨를 움찔하며 제 엄마를 흘깃 돌아봤다.

강 경위가 다시 물었다.

"아직도 장래 희망이 형사야?"

"네."

민태는 분명히 대꾸했다.

"저번에 말한 것처럼 형사 생활 제대로 하려면 글을 잘 써야 하는데?"

"시나 소설 쓰는 건 아니잖아요? 형사하고 글 쓰는 거하고 무슨 관계가 있는지 아직도 잘 모르겠어요?"

"형사도 경찰관이 하는 일과 비슷한 일을 해. 다만 수사 업무를 볼 뿐이지."

민태는 잠자코 듣기만 했다. 강 경위가 말을 이었다.

"보안과, 정보과 등 직무가 다른데, 특히 수사과하고 정보과는 글을 잘 써야 인정받을 수 있어."

"왜요?"

민태가 되물으며 표정을 굳혔다.

"일단 범인을 잡으면 범죄인지보고서를 작성해야 하고 조서를 받아야 하는 등등 글로 문서를 작성하는 일이 오래 걸리고, 고도의 기술이 필요해."

"심문만 잘하면 되잖아요?"

"심문을 잘하려면 범인을 다룰 수 있는 공부를 해야 하고 사회 상식도 풍부해야 해서 공부를 열심히 해야만 유능한 형사로 인정받을 수 있는 거야. 따라서 기본적으로 글을 잘 쓰는 것은 당연하고, 더 중요한 건 그 글이 논리적이고 설득력이 있어야 한다는 거야."

민태는 그제야 고개를 끄덕끄덕했다.

"책 많이 읽니?"

강 경위가 물었다.

"조금요."

그 말이 끝나자마자 민영이가 끼어들었다.

"만화책!"

"너 죽을래!"

민태가 민영을 향해 눈을 흘겼다.

"아무튼, 건강은 기본이고, 그 외에 책도 많이 읽고 글도 많이 써야 유능한 형사가 될 수 있다는 것 머릿속에 새겨 넣어."

"예."

"그리고 언제 시간 나면 내가 일하는 곳에 너를 초대하지. 내가 멘토해 줄게"

"고맙습니다."

한쪽에서는 민태 엄마와 소영이 말을 주고받았다. 자연 강 경위와 민태는 귀를 그들 대화에 맞추느라 입이 닫혔다.

"기자 시절 건강 분야를 맡으면서 의료계 사람들과 인터뷰도 많이 하고 그에 대한 글을 쓰곤 그랬거든."

"기자셨다는 거 들었어요."

소영이 말을 받았다.

"물론 엄마……."까지 말하고 나서 민태 엄마는 소영의 표정을 살폈다. 소영의 표정에 변화가 없자 말을 이었다.

"엄마 때문에 충격을 받아 의사가 되겠다는 생각을 하게 된 것으로 알고 있어."

"그럴 수도 있지만…"

소영은 강 경위의 눈치를 보았다. 강 경위는 소영이 무슨 말을 하려는지 알고 있다는 듯 고개를 살짝 끄덕이고는 시선을 앞에 놓인 술잔에 떨어뜨렸다. 소영이 말을 이었다.

"엄마 병원비 마련에 힘들어하시는 걸 봤을 때 돈을 많이 벌어야 겠다는 생각도 있었어요. 그리고…….."

뒷말은 강 경위가 이었다.

"일 때문에 가정에 충실할 수 없었던 것이 가장 컸지요. 아이들과 쉬는 날 더 바빴고…….."

갑자기 아무도 입을 열지 않아 분위기가 새벽안개처럼 바닥에 착 가라앉았다. 게다가 다른 식탁으로부터 들려오는 소음으로 분위기는 아예 가루로 부서지는 듯한 느낌이었다.

그 분위기를 민태가 깼다.

"우리 반에 아빠가 경찰관인 애가 또 있는데, 걔 아빠는 전혀 다르던데요? 출퇴근 정확하고 집에서 엄마일까지 대신 다 한다던데요? 그래서 물어봤어요. 어떻게 가정일에 충실할 수 있었느냐고요. 그랬더니 그 원인을 간단히 알 수 있었어요. 그 애 아빠는 우선 술을 하지 않으신대요. 그리고 직장 내에서 집안일에 충실한 사람이라고 소문이 나 근무 끝나고 바로 집에 가는 것을 당연하다고 생각한대요."

강 경위의 얼굴이 빨개졌다.

"요사이 우리 아빠가 그러셔!"

끼어든 것은 소망이었다.

"그래. 민태 말이 맞아. 요새는 분위기도 많이 달라지고 특히 젊은 직원들은 우리같이 나이 든 세대하고 달라서 가정에 상당히 성실해. 또 직장 분위기도 그렇게 돌아가고 있고, 정책적으로도 가능하면 가정에 충실하도록 배려하고 있는 편이고."

강 경위는 자기 앞에 놓인 술잔을 엎어 놓으며 덧붙였다.

"무엇보다도 이 술이 문제였어."

"아빠, 요새는 술 안 드시잖아?"

소망이 또 끼어들었다.

"그렇지? 요새 아빠 술 안 마시지?

강 경위가 소망을 살며시 끌어안았다.

그러자 민태 엄마가 끼어들었다.

"저 앞에 엎어놓은 건 술이 아니야. 그냥 물이었어. 그렇지요?"

모두가 하하거리고 웃었다. 강 경위의 얼굴이 더욱 빨개졌다.

웃음소리가 그칠 즈음 민태 엄마가 말했다.

"의사도 마찬가지야. 되레 의사라는 직업은 경찰관보다 더 바쁘고 항상 신경이 예민해 있고 스트레스를 받는 경우가 많아. 그래서 직업 열여덟 개 중 의사가 직업 선호도에서 꼴찌에서 두 번째, 십칠 위라는 통계가 있는 거야."

"그렇지만 경제적인 보장은 받잖아요."

소영이 반문했다.

"지금은 그렇지. 아니, 몇십 년, 아니 몇 년 전까지도 그랬지. 하지만 앞으로는 달라. 우선 의사 수가 많이 늘어나고 있고 전문의가 되려면 삼십 대 중반에서 사십 대 가까이 공부를 해야 하고, 또 의사가 되었다고 해도 바로 개업할 수 없는 데다 새로운 의술이 계속 개발되기 때문에 평생 피 터지게 공부하지 않으면 뒤처진다는 것을 알아야 해. 그런데다, 무엇보다도 사람 생명을 좌지우지하는 직업이기 때문에 오진이라도 하면 손해배상으로 엄청난 금액을 물어줘야 할 테고 말이야. 지금 미국이 그렇잖아."

민태 엄마가 잠시 말을 끊고 소영의 표정을 살폈다. 소영은 고개를 약간 숙이고 표날 듯 말 듯 고개를 끄덕였다.

"그러니까 직업에 대한 자부심, 사회에 대해 무언가를 이바지하려는 자세가 필요한 거지. 그래서 그런 말이 있잖아. 의사는 머리로 환자를 대해서는 안 되고 가슴으로 대해야 한다고."

묵묵히 있던 강 경위가 민태 엄마의 말을 낚아챘다.

"많은 사람을 대해 보고 나서 내린 결론은 모든 직업은 다 신성하다는 거야. 다만 모두 있어야 할 가치가 있지만 어떻게 그 직업을 대하느냐에 따라 좋은 직업이 될 수도 있고 그렇지 않은 직업이 될 수도 있어. 다시 말하면, 우리처럼 사회의 밑바닥부터 상류층까지 상대하다 보면 같은 일을 가지고도 어떤 사람은 그 직업과 삶을 잘

조화시켜 행복하고 즐겁고 신 나게 사는가 하면 어떤 이는 항상 힘 겹고 우울하고 마지못해 살고 있거든."

오늘 따라 강 경위의 목소리는 더욱 굵고 커서 묵직했다. 강 경위는 물 한 잔을 들고 나서 말을 이었다.

"어느 우편집배원이 시골로 발령을 받았대. 직업을 갖게 되어 신이 나서 내려갔는데, 이건 영 아닌 거야. 농촌이라서 집들이 띄엄띄엄 있는데다 야산도 많고 논두렁길도 많아서 온종일 시골 길을 걸어 다닐 때가 많았다는 거야. 그렇게 하루하루 지내다 보니 지겨워서 당장 그만두고 싶었어, 그렇지만 백수로 있다가 모처럼 잡은 직업을 버릴 수는 없는 일이었지.

그렇게 스트레스를 받으며 다니다 보니 우울증이 온 데다 부분 탈모까지 오더라는 거야. 그러던 어느 날 문득 이런 걸 깨달았대. 어차피 내가 이 직업을 버리지 않는 한 그 어려움을 즐기면 되지 않는가. 무슨 방법이 있을까? 고민하다가 어느 날 꼬마들이 바람개비를 갖고 노는 걸 보고 아, 저거다! 깨달았다는 거야.

바람개비는 바람이 불어야 돌 것 아니야? 한 꼬마가 바람개비를 앞에 들고 마구 뛰니까 마구 돌더라는 거지. 그 뒤를 다른 아이들이 따라가고. 그래서 궁리 끝에 그 지겨운 시골 길 양쪽에 꽃씨를 뿌리기로 했대. 읍내에 나가 꽃씨를 많이 사 와서는 출근할 때 가지고 가면서 길 양쪽에 뿌렸대. 그리고 며칠 지나니까 꽃씨가 움트기 시작했겠지. 집배원은 매일매일 그 꽃나무들이 자라나는 것을 보는 재미가 붙자 그제는 그 삭막하고 지겨웠던 길들이 행복한 길로 바뀌어 그제는 시골 우편집배원이라는 직업이 매력적으로 와 닿더래."

평소에는 좀 과묵해 보였던 강 경위였는데, 오늘은 수다스럽게 느껴질 만큼 많은 말을 했다. 또 근엄하고 권위적인 것 같던 얼굴은 어린아이의 얼굴처럼 화사하고 앳되어 보였다.

"요사이 나는 새로운 시도를 하고 있어."

강 경위는 둘레에 있는 사람들을 한 바퀴 휘 둘러보며 씨익 웃었다.

"붓글씨를 쓰고 있어."

"우리 아빠 붓으로 그림도 그려요."

소망이 끼어들었다.

"그러세요?"

민태 엄마가 놀라는 척하자 강 경위가 피식 웃다 말고 갑자기 얼굴이 시무룩해졌다. 갑자기 강 경위의 표정이 바뀌자 모두 긴장하며 강 경위의 얼굴을 살폈다.

"무슨 일 있으세요?"

민태 엄마가 물었다.

"아니요. 그 사람은 병원에 있는데, 여기서 허풍 떨고 있는 제가 갑자기 못돼먹었다는 생각이 들어서요."

분위기가 싸해졌다.

"엄마가 이런 자리 마련하라고 하셨잖아요?"

소희가 나직하게 말했다.

"그랬지. 하지만 그게……."

"걱정하지 마세요. 오늘은 제가 엄마 옆에서 잘게요."

소희가 말하자 소망이 덩달아 말했다.

"언니, 나도 같이 가."

"넌 안 돼. 잘 데도 없고."

"엄마랑 자면 되잖아."

"안 된다고!"

소희가 목소리를 높이자, 강 경위가 일어서며 말했다.

"내가 갈 거야. 어쨌든 고맙다."

강 경위가 식대를 내고 나오기를 기다리던 민태 엄마가 나직하게 말했다.

"힘내세요."

"고맙습니다. 마음의 준비는 이미 돼 있습니다."

엄마, 미안해

소희는 들어오면서부터 쏟아지는 눈물을 주체하지 못하고 끝내는 벽에 기대 어깨를 들먹이며 울었다. 입을 틀어막은 손바닥 사이로 슬픔을 게워내는 소리가 계속되었다.

"큰언니, 울지 마! 울지 마. 나 더 슬퍼져!"

소희 손을 잡고 흔들어대던 소망도 결국은 으앙, 소리를 내며 울음보를 터뜨렸다. 그러나 소영은 평소의 얼굴 그대로였다.

"시험 며칠 남았니?"

까맣게 탄 입술 사이로 흘러나온 소영 엄마의 목소리였다. 눈을 뜨지 않은 채였다. 일부러 눈을 뜨지 않는 것인지, 아니면 눈을 뜰 기력조차 없는지 모를 일이었다.

"3일요."

소영이 대꾸했다.

"시험공부는?"

"온 힘을 다하는 중이에요."

"넌 믿으니까…… 엄마 신경 쓰지 말고 열심히 해."

"그렇게 하고 있어요."

소영의 목소리는 조금도 흔들림이 없었다.

거친 숨을 고르느라 한동안 헐떡이고 나서 비로소 소영 엄마는 가늘게 눈을 떴다. 까만 눈동자는 흐릿해졌고, 동공도 저만큼 현실로부터 달아나 있다는 것을 소영은 느낄 수 있었다. 소영 엄마는 힘들게 고개를 돌리고는 나직하게 불렀다.

"소희야, 소망아."

"엄마!"

소망이 뛰어와 소영 엄마의 뼈만 앙상하게 남은 손을 잡았다.

멀찍이 있던 간호사가 주의시켰다.

"안정하셔야 해요."

그러자 소영 엄마는 가까스로 팔을 세워 손을 좌우로 흔들었다. 그리고 나서야 목소리가 나왔다.

"괜찮아요, 괜찮아요."

벽에 이마를 대고 울던 소희가 뒤늦게 손수건으로 눈물을 닦고 넓고 퉁퉁한 어깨를 소영 엄마가 누운 병상 쪽으로 돌렸다.

"바보처럼……."

소영 엄마는 빙긋이 웃다 말고 한바탕 기침을 토했다.

"엄마, 빨리 나아."

소희가 울먹이며 말하자 엄마는 빙긋이 웃었다. 그러고는 나직한 목소리로 말했다.

"고3인데 어쩌니? 나 때문에 공부도 못 하고."

"어차피 공부 못하는데 뭘."

"아니야, 넌 원래 공부 잘했어. 초등학교 때 늘 백 점이었어."

"초등학교 때는 누구나 다 백 점이야 엄마."

해 놓고 나서 어색한 듯 쿡 하고 웃었다. 그때 잠자코 서 있던 소영이 입을 열었다.

"엄마, 힘드셔. 그만 말 시켜."

"넌 애 늙은이야."

소영 엄마가 소영과 눈을 맞추며 말했다.

"그러니까 괴물이지."

이번에는 소망이 받았다.

"공부 잘하는 괴물."

소영 엄마는 앞니가 다 나오도록 씨익 웃었다.

엄마가 눈을 감고 잠자코 있는 바람에 잠시 어색한 침묵이 흘렀다. 희미하게 눈을 뜨면서 말했다.

"나 대신 아빠 잘 보살펴드려."

"엄마!"

소희가 울먹였다.

"엄마 말씀하시잖아!"

소영이 소희를 향해 눈을 흘겼다.

"소희, 대학은 어떡할 거야?"

소영 엄마가 묻자 소영이 대신 대꾸했다.

"어차피 언니는 음식 하는 게 취미고 요리사가 꿈이니까 전문대 가는 거지 뭐."

"그럴 거야?"

소영 엄마가 소희에게 물었다.

소희는 고개를 끄덕였다. 소영 엄마가 말을 이었다.

"소망이는 내년에 학교 가겠지?"

"엄마, 나 학교 가면 1등 할 거야. 소영이 언니보다 더 잘 할 거야."

"그래, 그래야지."

소영 엄마가 가쁜 숨을 고르느라 잠시 시간이 흘렀다.

"소영이는 학교생활, 잘하고 있는 거지?"

소영은 고개를 끄덕였다.

"엄마 없어도 잘해 낼 수 있는 거지?"

소영은 그 말에도 고개를 끄덕였다.

"고개만 끄덕이지 말고 속말을 해 봐."

소영은 유리창 너머를 바라보다가 눈길을 엄마의 얼굴로 옮기며 말했다.

"엄마, 우리 집 빚은 없어?"

소영의 말에 "소영아!" 하고 소희가 나무라듯 툭 던졌다. 그러나 소영은 개의치 않고 말을 이었다.

"우리가 해야 할 것도 지금 말해 줘 엄마. 왜냐하면……."

소영은 잠시 말을 멈추고 주먹 침을 꿀꺽 삼키고는 덧붙였다.

"왜냐하면, 우리가 알아야 아빠를 돕지. 엄마."

"소영아!"

소희가 외치며 소영의 손목을 잡았다. 소영은 언니의 손을 홱 뿌리쳤다. 사태의 심각성을 알아채고 소망이 "언니!" 하고 울먹였다.

그러나 소영은 자신이 하고 싶은 말을 계속했다.

"솔직히 모두 말해 줘야 해, 엄마. 엄마가 언제 혼수상태로 들어갈지 모르잖아."

"소영아!"

소희가 소영의 머리채를 잡았다. 그러나 소영은 꿈쩍도 하지 않았다. 소희는 진저리를 치며 소영의 머리채를 놓고 벽 쪽으로 돌아서서 눈으로 손을 가져갔다.

소영은 흔들림 없이 엄마의 눈을 들여다보았다. 소영 엄마는 눈을 감고 있었다. 그러면서도 할 말을 연습이라도 하듯 입술을 연신 움직였다.

마침내 소영 엄마가 눈을 떴다. 입가에 미소가 번졌다.

"소영아, 고맙다. 네가 참 미더워."

소영은 잠자코 엄마의 말을 듣기만 했다.

"이럴 줄 알고 미리 준비 다 해 놨어. 장롱 맨 아래 서랍을 열면 오른쪽 귀퉁이에 빨간 상자가 있어. 그 상자를 열면 내가 평소 하고 싶었던 말, 그리고 우리 집 경제 상황을 알 수 있는 중요한 문서들, 다 들어 있어."

소영은 경제 상황을 알 수 있는 문서들이 뭐냐는 의미를 담은 눈으로 엄마를 바라봤다. 그러나 차마 말로는 표현하지 못했다.

소영 엄마는 소영이의 마음을 읽고 말로 대답을 주었다.

"빚은 없어. 나라에서 받을 건 있고. 그리고 보험증서하고 예금통장도 있어. 나머지는 아빠가 알아서 다 해 나갈 거니까 거기까지만 알아둬."

그제야 소영은 엄마의 손목을 잡고 나직이 읊조렸다.

"엄마!"

고이고 고였던 눈물이 소영의 양볼을 타고 주르륵 흘러내렸다. 그러나 눈물은 닦지 않고 말을 이었다.

"엄마, 참 고생 많았어."

"고생? 아니야, 난 행복했어. 아빠가 있고 너희가 있어서."

"하지만 하지만 늘 돈 때문에 힘드셨잖아."

"그래도 나라에서 꼬박꼬박 떼먹지 않고 주는 월급으로 잘 살아왔잖니?"

"아빠 출퇴근 시간이 불규칙해서 엄마가 힘들었던 거 우리도 다 알아."

"그렇게 보면 그렇지만, 그래도 아빠 늘 건강했고 자신이 하는 일을 즐기며 싫어한 적은 없었지. 그리고……."

말을 이으려던 소영 엄마가 말을 멈추고 출입구 쪽으로 눈길을 옮겼다. 이내 얼굴에 미소가 확 퍼졌다.

"여보!"

강 경위가 들어왔다. 다가오자마자 그는 소영 엄마의 손을 꼭 부여잡고 눈물을 주르륵 흘렸다. 모두는 강 경위의 얼굴을 보며 누구도 입을 열지 않았다.

"왜 울고 야단이에요?"

소영 엄마가 분위기를 바꾸려는 시늉을 보였다. 그러나 그녀의 눈도 그렁해 있었다. 강 경위가 나직하게 말했다.

"미안해 여보!"

"미안하긴요. 내가 미안하지. 소망 아빠가 날 이렇게 만든 건 아니잖아."

"내가 늘 스트레스를 줘서 이렇게 된 거지."

"스트레스는 내가 더 많이 줬으니까 그걸로 따진다면 당신이 아팠어야지."

그때 엄마 아빠의 눈치만 보고 있던 소망이 끼어들었다.

"바꿔서 아프면 되잖아."

그 말에 모두 다 멈칫하고 나서 빙긋이 웃었다.

강 경위가 자식들을 둘러보고 나서 말했다.

"오늘은 어떻게 다들 모였니?"

"수요일이잖아요."

"수요일?"

"수요일은 일찍 끝나거든요."

소영 엄마가 말했다.

"아, 그런 건가?"

"그러니까 엄마가 아프지." 하고 소망이 말했다.

"할 말이 없다. 아빤 소망이 너만큼도 안 되는 인간이야."

"여보!"

소영 엄마가 나직하게 말 맥을 끊었다. 그러고는 눈을 감았다. 멀찍이서 지켜보던 간호사가 다가왔다.

"이제 쉬셔야 해요."

"고맙습니다."

가족 모두가 간호사에게 인사하고 밖으로 나섰다.

병원 로비를 가로지르던 소영이 손으로 이마를 짚으며 걸음을 멈추더니 종이 인형이 물을 먹고 그러듯 바닥에 푹 쓰러져 버렸다.

응급실에서 정신을 차리자마자 소영이 나직하게 읊조렸다.

"엄마, 미안해!"

목계

민태는 정우의 말을 듣고 싶지 않았다. 정우는 민태와 친한 사이지만 항상 중간에 서서 어떤 사건이 일어나길 기다리는 녀석이다. 지금도 녀석은 심심해져서 뭔가 일을 꾸며 재미있게 전개되는 것을 지켜보고 싶은 것이다.

"광표가 너보고 쪼다래. 따까리 규만이가 그랬다니까."

정우가 아까부터 비슷한 말을 벌써 세 번째 하고 있었다.

"그 자식 말 듣지 마. 제정신 아닌 놈이니까."

민태가 못 박듯 말했지만, 그때쯤 맘속에서는 이미 화딱지가 꿈틀대고 있었다. 옆에 있다면 당장 규만이에게 한 방 먹였을 거였다. 규만이야 한방이면 그만이지만 광표는 쉬운 녀석이 아니었다. 그 마음을 알기라도 한 듯 정우가 지나쳐 가려는 민태의 뒤통수에 대고 못다 한 말을 던졌다.

"광표한테 제정신 아닌 놈이라는 말 전할게."

민태는 찔끔했다. 뭔가 일이 일어날 것 같았고, 좀 꺼림칙했다. 그러나 자존심이 끼어들어 속마음과는 다른 말을 던지게 했다.

"그래, 전해. 전하라고 짜샤."

점심시간에 했던 말인데, 10분도 되지 않아 광표로부터 문자가 왔다. 단 세 글자였다.

죽을래

민태 또한 그에 맞서 문자를 보냈다.

그래

그러자 곧이어 답장이 왔다.

죽여 주지

그리고 시간과 장소가 정해졌다.

아파트 단지 곁에 공터가 있고 그 공터에 임시 건물을 짓고 배드민턴 장을 만들어 놓은 곳이 있는데, 대기업에서 상업시설을 목표로 사들였다가 지금은 거의 버려진 곳이어서 사람이 없었다. 그곳에서 방과 후에 만나자는 광표의 제안에 민태는 망설임 없이 그러자고 했다. 그러고는 정우를 통해 이렇게 말을 전하도록 했다.

"모든 건 비밀로 하고, 각자 한 명씩만 데려오기다."

배드민턴 장으로 가기 전 민태는 여러 가지를 곰곰이 생각해 보았다. 가장 먼저 떠오르는 것은 광표가 무기를 가지고 있을까 그렇지 않을까에 대한 궁금증이었다. 그 생각에 이르렀을 때 민태는 자연스럽게 고개를 가로저었다. 광표는 그렇게 치사한 일진이 아니라는 것을 믿고 싶었다. 광표하고는 초등학교 때 태권도장을 같이 다닌 적이 있었고 무엇보다도 엄마끼리 잘 알고 지내는 사이였다.

그때 문득 민태는 늘 엄마가 해 주던 이야기가 생각났다.

"이 세상에 서둘러서 좋은 건 아무것도 없어. 무슨 일을 할 때는 신중하게 생각하고 나서 해야 해."

그래, 우선 생각을 해 보자. 그렇게 생각에 잠기다 보니 확신이 서지 않았다. 작년 1학년 때, 광표가 저질렀던 사건이 떠올랐다. 당시 2학년 선배 일짱이 광표의 행동이 눈에 거슬린다며 시비를 걸었다. 학교에서 아파트단지 사이에 있는 굴다리에서 선배 일짱이 광표를 기다리고 있었다. 광표는 철거가 시작된 건물 사이로 불려나가 그곳에서 선배 세 명에게 맞았다. 처음에는 가볍게 차는 정도였으나 광표가 고분고분하지 않자 급기야 일짱이 광표를 유도의 업어치기 기술로 메다꽂았다. 땅에 나뒹군 광표를 세우고 다시 주먹을 뻗는 순간, 선배 일짱은 광표가 뿌린 모래 때문에 두 눈을 손바닥으로 감싸고 주저앉았다. 그제부터 광표의 주먹과 발이 일짱에게 날아들었다. 그 뒤로 선배 짱들은 광표를 자기네 무리로 끌어들였고, 1학년 짱이 되었다.

광표가 주저앉으면서 모래를 사용한 것으로 봐 만약 불리하면 어떤 무기도 동원하리라는 것을 짐작할 수 있었다. 그 생각에 이르자 심각했다. 데리고 갈 한 명으로 윤민을 생각했지만, 이 생각에 이르자 안경을 끼고 싸움도 싫어하고 컴퓨터게임과 만화 그리기, 기타 치기를 좋아하는 친구를 데려가 봤자 도움이 되지 않을 게 뻔했다.

그렇다고 마땅한 친구가 생각나지 않았다. 무엇보다도 광표와 싸웠다는 사실을 퍼뜨리지 않을 녀석이어야 했다. 만약 광표와 싸움을 했다는 말이 선생님과 엄마의 귀에 들어갔다 하면 그날로 민태는 죽음이었다.

게다가 광표에게 감히 대들 수 있는 친구여야 했다. 만약 민태가 광표의 주먹을 급소에 맞고 비틀댄다든지 넘어졌을 경우, 그로기 상태에서 계속 맞게 될 때 광표에게 싸움을 그만두라고 말할 배짱을 가진 친구여야 했다. 그러나 일진 광표에게 그런 말을 쉽게 할 친구는 아무리 둘러보아도 없을 듯 싶었다. 그만큼 광표는 두려움의 대상이었다. 또 대부분의 아이는 내 일이 아닌 것에 끼어들어 손해 보는 짓을 하기 싫어했다. 정의감도 없고 의리도 없고 남자다움도 없는 녀석들이라고 민태는 늘 생각해 왔다.

어쨌든 민태 편의 누군가를 한 명은 데리고 가야 했다. 남자 친구 다섯 명에게 상의해 봤지만 별별 핑계를 대고 갈 수 없다고 잘라 거절했다. 학원을 간다고 했고, 휴가 낸 아빠가 기다린다고 했고, 할머니가 온다는 둥 갖은 핑계를 댔다.

다섯째 시간을 두고 복도에서 멍하니 서 있는데, 마침 소영이가 지나갔다. 소영의 머리라면 어떤 아이디어가 나올 수 있을 것 같았다.

"잠깐 나하고 얘기 좀 하자."

민태가 소영의 앞을 막으며 말했다.

소영은 갑작스러운 민태의 행동에 고개를 갸우뚱하며 복도 끝쪽으로 앞서 갔다.

"뭔데?"

"오늘 광표랑 붙기로 했어."

"뭔 얘기야?"

민태는 그동안 있었던 일을 대충 말했다. 때마침 수업 시작종이 울렸다. 소영은 교실 쪽으로 몸을 돌리며 내뱉듯 말했다.

"혜란이한테 말해 봐."

그 말에 민태는 속으로 쾌재를 불렀다.

'그래! 그 애한테 물어보면 되겠다!'

영어 시간 내내 민태는 선생님의 목소리가 귀에 들어오지 않았다. 그러잖아도 별로 좋아하지 않는 영어 시간인데다 혜란에게 자신의 말을 털어놓았을 때 어떻게 반응할지 궁금증이 가슴을 콩닥거리게 했다. 만약 거절한다면 난감한 일일 터였다.

영어 시간 끝나자마자 민태는 혜란네 교실로 갔다. 그러고는 그 반 친구한테 혜란을 불러달라고 했다.

혜란이 그 똥그랗고 까만 눈동자에 흰자위를 번뜩이며 민태가 있는 쪽으로 다가왔다.

"무슨 일이야?"

혜란이 투박한 목소리로 물었다.

"좀 부탁할 게 있어서."

"뭔데?"

민태는 혜란과 복도를 천천히 걸으며 좀 전에 소영에게 했던 말과 거의 같은 말, 광표와의 일을 이야기했다. 그러고는 물었다.

"드라마나 소설적으로 풀어 봐. 어떻게 하는 게 좋은지."

민태의 말에 혜란은 시선을 바닥에 떨어뜨리고 생각하는 듯싶더니 이내 고개를 들어 민태를 똑바로 바라보며 말했다.

"내가 갈게."

"네가?"

뜻밖의 말에 민태는 어리둥절했다. 그런 말이 나올 줄은 상상도 하지 않았으므로 당황했다. 그러나 곧 괜찮겠다는 생각이 들었다. 혜란 정도의 기지와 배짱이라면 일짱인 광표라도 의외의 일이라서 당황해서 민태 페이스에 말려들 것 같았다.

"고마워."

"마지막 시간 끝나고 교문 앞에서 만나자."

혜란이 몸을 돌리며 말했다.

"그래."

교문 앞에서 만난 혜란과 민태를 두고 그들을 아는 녀석들, 그중에서도 특히 여학생들은 킥킥거리며 제들끼리 속닥거렸다. 그러거나 말거나 민태와 혜란은 말없이 아파트단지 담 쪽 길을 향해 걸었다. 담을 끼고 돌아 지하철 선로가 지나가는 한적한 곳으로 가면 간이 배드민턴 장이 나온다.

광표와 정우는 이미 그곳에 와 있었다. 녀석들은 민태와 혜란이 나타나자 멈칫하는 기색이었다. 광표가 얼굴을 붉히며 혜란에게 말했다.

"너희 사귀니?"

그 말에 혜란이 고개를 빳빳이 세우고 대꾸했다.

"네가 알 바 아니잖아?"

"그럼, 놀러 온 거야? 구경하러?"

광표의 말에 혜란은 당당하게 딱 잘라 말했다.

"심판 보러."

"뭐? 심판?"

"누가 세고, 누가 남자다운가."

"미쳤니?"

"나 안 미쳤거든."

또박또박 받아치자 광표가 주먹을 휘두르며 쏘았다.

"죽을래?"

"나 죽기 싫거든?"

"그러니까 가라고!"

꽥 소리 지르자 민태가 나섰다.

"왜? 자신 없니? 자신 없으면 여기서 끝내고."

"뭐야 짜샤!" 하며 광표가 가방을 놓고 민태에게 덤벼들 기세로 두 발짝 다가왔다.

혜란이 목소리 높여 끼어들었다.

"야, 실력으로 해라. 내일이면 내 입 통해 소문으로 좍 퍼질 거거 든."

광표가 움찔하며 주먹을 내렸다.

혜란이 말을 이었다.

"일진답게 굴라고. 넌 일짱에 일진이잖아."

광표는 양어깨를 으쓱하고는 한 걸음 물러서며 말했다.

"좋아. 가방 놓고 교복 벗어."

"너도. 무기는 없겠지?"

"너쯤 무기 필요 없어."

"나도 마찬가지야."

민태의 말에 광표는 자존심이 몹시 상한 듯 얼굴이 붉어지며 몸을 부르르 떨었다. 하긴 같은 학년 내에서 광표에게 그런 말을 함부로 던지는 것은 학교를 그만두거나 전학을 가겠다는 결심이나 마찬

가지다. 그러나 어차피 여기까지 온 이상 죽기 아니면 까무러치기로 싸워야 하고, 싸웠다 하면 항복을 받아내야 했다.

민태는 영화에서 본 용감한 형사들의 활약상을 떠올렸다. 형사들은 총알이 쏟아지는 중에도 목숨을 걸고 끝내 살인자를 잡아 쇠고랑을 채웠다. 그렇다면 형사인 나는 지금 일진이라는 살인자를 앞에 두고 정의를 위해 한판 붙는 것이다. 그렇게 생각을 몰아가느라 긴장했다.

순간 허벅지에 돌로 한방 얻어맞는 충격이 왔다. 민태는 재빨리 뒤로 물러났다. 광표가 먼저 발을 날렸다. 그러나 민태보다 키가 작고, 높이도 낮고, 빠르기며 파워가 없다는 것을 직감했다. 거의 동시에 민태는 초등학교 때 태권도 사범이 일러줬던 말이 생각났다. 맞서기를 할 때는 항상 상대방의 눈을 봐야 하고 두 번째는 몸을 봐야 하고 세 번째는 호흡 소리에 집중해야 한다. 그런 점에서 민태는 한 가지를 소홀히 했다는 것을 깨달았다. 광표의 눈을 똑바로 보지 않았기 때문에 선방을 얻어맞은 것이다.

몸을 보자! 민태는 광표의 눈에 시선을 맞추며 몸을 봤다. 민태보다 키는 작지만, 어깨너비가 넓었고 살집도 좋았다. 그렇다면 절대로 잡혀서는 안 된다. 잡히면 불리하다. 민태는 한 발짝 더 뒤로 물러났다.

"비겁하게 도망가?"

광표가 비웃듯이 말했다.

민태는 대꾸하지 않았다. 절대로 상대의 눈에서 시선을 돌리지 말아야 했고 이제 몸을 봤으니까 호흡을 들을 차례였다. 그러나 초반이라서 광표의 호흡은 평상시와 다를 게 없었다. 되레 민태 자신의 호흡이 거칠어지는 것 같았다.

"덤벼 짜샤!"

광표가 검지를 들어 제 쪽으로 꼼작대며 공격하라는 시늉을 해 보였다. 민태는 다시 사범의 말을 떠올렸다. 절대로 상대방의 술수에 말려들지 마라. 그러면서 사범은 목계 이야기를 해 주었다.

"중국 장공이라는 제왕이 닭싸움을 좋아했거든. 그래서 아주 잘 싸운다는 싸움닭을 엄청나게 비싼 값에 한 마리 산 거야. 그러고는 최고의 싸움닭 사육사에게 가져가 길들여 달라고 했거든. 그러고 나서 일주일 후에 가 봤더니 아직 멀었다는 거야. 싸움닭만 보면 무조건 덤비려고 한다는 거지. 그러면 최고의 싸움닭은 될 수 없다는 말이었어. 그럼 그 버릇을 고치는 데 얼마나 걸리느냐 했더니 보름이 걸린다는 거야. 그래서 맡기고 보름 후에 갔더니 이번에는 덤비려는 성질은 고쳤는데 싸움닭을 보면 목에 힘이 들어가 틀렸다는 거야. 고치는 데 보름. 보름 후 갔더니 목에 힘 들어간 것은 고쳤는데 이번에는 눈에 힘이 들어가 있다는 거야. 그래서 고치라고 하고, 보름 후에 갔더니 최고의 싸움닭이 됐다는 거야. 그걸 목계, 나무 목에 닭 계, 나무 닭이라고 하거든. 앞으로 맞서기 할 때는 늘 목계를 생각하라고."

민태는 호흡을 가라앉히고 느긋이 광표를 바라보고 있었다. 어느 순간 광표가 당황하는 모습을 보이며 거친 숨소리가 들렸다. 아참, 그것도 있었지. 평상심! 민태는 평상심이라는 말도 떠올렸다. 그말은 초등학교 5학년 때 1년 동안 다녔던 검도 관장한테 들은 말이었다. 평상심! 목계, 평상심을 잃지 마! 목계, 평상심! 민태는 그 말을 되풀이하며 광표를 지켜보았다.

"겁나면 무릎 꿇고 짜샤!"

광표가 공격 자세를 취하며 소리쳤다. 목소리가 컸고 거칠었다. 얼굴이 빨갛게 상기되었고 가슴이 컸다가 작아졌다 했다. 호흡이 거칠어졌다는 것을 말함이다.

순간! 광표의 몸이 움직일 찰나, 민태의 발이 광표의 가슴을 질렀다. 내닫는 힘만큼 발에 묵직한 충격이 있는 것으로 봐 타격이 컸을 것이었다. 아니나 다를까, 비틀거리던 광표가 중심을 잃고 풀썩 쓰러졌다. 정우가 다가가 일으켜 세우려는 시늉을 보이자 광표가 벌떡 일어나 정우를 밀어젖히며 화를 냈다.

"건들지 마 인마!"

그러고는 자세를 고쳐 잡고 민태를 향해 으르렁거렸다.

"너 오늘 끝장나는 줄 알아."

민태는 속으로 목계, 평상심! 목계, 평상심! 되풀이하며 광표의 눈에서 눈길을 거두지 않았다.

"얏!"

광표가 민태에게 돌진해 왔다. 동시에 민태도 광표의 이마를 향해 주먹을 날렸다. 민태의 계산대로 광표는 팔이 짧아 고개를 약간 숙이고 공격해 왔다. 광표는 민태에게 정확히 이마를 맞고 그 자리에 풀썩 주저앉았다. 순간, 민태는 다리를 뻗어 높이 들었다. 그대로 내리찍으면 정확히 광표의 정수리에 떨어질 것이었다.

"안 돼!"

혜란이 소리치며 민태를 밀쳤다. 민태가 비틀하며 쳐들었던 발을 땅에 딛기 전에 한 바퀴 빙그르르 돌았다.

"안 돼. 그만해. 그만하라고!"

혜란이 민태를 밀어붙였다. 민태는 그제야 더 계속하면 어떤 일이 일어날 것 같은 느낌을 받았다.

"알았어. 알았다고."

민태는 못 이기는 체 몸을 돌렸다. 그러고는 배드민턴 장 입구 쪽으로 몸을 돌렸다.

그 순간! 정말 순간이었다. 광표가 벌떡 일어나더니 돌아선 민태의 뒤통수를 향해 주먹을 날렸다.

"아얏!"

민태가 맞은 부분을 손바닥으로 덮고 돌아서며 발을 들어 돌려 찼다. 하지만 뒤로 훌쩍 물러난 광표는 다음 공격 자세를 취하며 손에 들고 있던 돌을 떨어뜨렸다.

거의 동시에 민태와 광표는 주먹과 발길질을 주고받다가 어느 순간 멱살을 맞잡고 나뒹굴었다.

"그만해! 피! 피 나잖아!"

혜란이 외쳤다. 그때쯤 밑에 깔렸던 민태가 뒤집고 나서 정신없이 광표의 얼굴에 주먹세례를 꽂아넣고 있었다.

"야, 네 뒤통수 터졌어!"

정우가 민태의 뒷덜미를 잡고 일으키며 소리쳤다.

민태가 일어나며 제 뒤통수를 만진 그 손을 눈앞으로 가져갔다. 손바닥에 빨갛게 피가 묻은 것을 보자 벌떡 일어섰다. 그러고는 광표가 들었다 놨던 돌을 집어 들었다.

"안 돼!"

혜란이 민태의 주먹을 쥐고 매달리다시피 했다.

"더 하지 마. 그만 해!"

"죽여 버릴 거야!"

민태가 외치며 몸을 부르르 떨었다.

"안 돼. 하지 마. 광표도 많이 맞았어."

광표의 얼굴은 코피로 뒤범벅되어 있었다.

민태와 광표는 씨근덕대며 서로 바라봤다. 그러나 싸울 태세는 갖추지 않았다.

이제 수습만 남았다. 무엇보다도 빨리 해결해야 할 문제는 피범벅 된 얼굴과 손, 그리고 더러워진 옷을 어떻게 바꿔 입고 집까지 가느냐 하는 것이있다.

혜란의 준비성과 대처능력이 빛을 발할 기회였다. 혜란이 제 가방을 열고 물티슈를 꺼내 피를 닦아내고는 각자 상의를 뒤집어 입고 그 위에 교복 재킷을 입으라고 한 뒤, 머리를 빗고 바지는 각기 알아서 털게 했다. 그러고 나서 민태에게 잠깐 쪼그려 앉으라고 했다.

"왜!"

민태가 신경질적으로 말했다.

"병원에 가야 할지 보려고."

"그냥 보면 될 거 아니야!"

"네가 커서 안 보이잖아."

민태가 쿡 웃으며 받았다.

"남 클 때 넌 뭐했니."

"내가 작은 게 아니라 네가 큰 거야."

"백팔십삼이 뭐가 커. 네가 작은 거지 난쟁아."

"이 자식이!" 하며 혜란이 민태의 장딴지를 발로 찼다.

"앉으라면 앉아, 죽기 전에!"

민태가 광표와 정우를 흘깃대며 어줍게 쪼그려 앉았다. 머리카락을 젖히고 살펴던 혜란이 낙담하는 얼굴로 말했다.

"꿰매야 할 것 같아."

"그래?" 하고 정우가 다가왔다.

광표도 얼핏 난감해하는 표정이었지만 이내 억지로 웃음기를 내

보내 아무렇지 않다는 시늉을 했다.

정우가 민태의 상처를 보고는 고개를 갸우뚱하며 말했다.

"많이 깨진 건 아닌데. 피도 멈췄고."

정우의 말에 상관 않고 혜란은 말을 이었다.

"꿰맬 때 머리를 박박 깎을 텐데."

"야, 재수 없는 소리 하지 마!"

민태가 소리치고는 일어나 가방 속에서 모자를 꺼내 썼다.

그때 혜란이 휴대전화를 꺼내 보고는 말했다.

"아참, 나 가야 해. 늦었다!"

혜란이 먼저 배드민턴 장을 빠져나갔다.

혜란의 멘토

노트북에 글을 쓰고 있던 곰 선생이 들어서는 혜란을 반갑게 맞았다.

"어서 와."

"늦었죠."

"안 늦었다고 말할 수는 없겠지. 무슨 일 있었어?"

"네."

"무슨 일이냐고 물어도 돼?" 하고 묻는 곰 선생의 말에 혜란은 잠깐 생각했다. 그러고는 대답했다.

"좀 더 생각해 보고요."

"특별한가 보군."

혜란이 곰 선생 맞은편에 앉았다.

"소설 쓰기 전에 가치 창출에 대한 이야기 하나 해 줄까?"

"네."

"다산 정약용 알지?"

곰 선생의 물음에 혜란은 순간 당황했다. 역사 시간에 배워서 꽤 많이 알고 있는 것으로 생각됐지만, 막상 그런 물음을 받자 머리가 하얘지면서 생각나는 게 없었다.

"음……『목민심서』요? 그것만 생각나요."

"『목민심서』,『경세유표』,『흠흠신서』,『탕론』,『전론』 등 수백 권의 책을 지었지. 자세한 이야기는 검색창에서 찾아보고, 오늘은 아까 말했듯이 가치 창출에 대해서 잠깐 이야기할게. 정조 하면 무슨 생각이 나지?"

혜란은 잠깐 기억을 떠올리고는 탕평책과 수원성을 말했다. 그러고는 그제야 알아냈다는 듯 다소 큰 소리로 말했다.

"거중기요!"

"그래, 정조가 수원성을 쌓을 때 정약용이 거중기를 만들어 공사를 한결 쉽고 빠르게 성을 쌓고 건물을 지을 수 있었지. 어쨌든 1800년에 정조가 돌아가시자 순조의 섭정이 이루어지면서 천주교 박해가 시작됐고, 그때 정약용에게 무슨 일이 있었지?"

"귀양요."

혜란이 자신 있게 대꾸했다.

"어디로?"

곰 선생의 쏟아지는 물음에 혜란은 우물쭈물했다.

"정조가 살아계실 때는 충청도로 귀양 갔다가 바로 왔지만, 정조가 돌아가시고 그 이듬해 강진으로 귀양을 간 다산은 그곳에서 십여 년 귀양살이했지. 그때 귀양 간 사람들 대부분은 세상을 원망하며 술로 세월을 보내거나 자포자기하다가 대부분 일찍 죽고 말지. 그러나 정약용은 달랐어."

곰 선생은 다산 정약용의 귀양살이에 대해 설명해 주었다.

"생각해 봐. 지금이야 스마트폰이며 텔레비전 같은 게 있어 서울 소식을 산골에서도 훤히 알 수 있지만, 200년 전에 서울에서 어떤 선비가 죄를 짓고 귀양 살러 왔다면 누군지 알기나 하겠어? 더구나 죄인하고 가까이 지내봤자 오히려 다른 죄를 뒤집어쓸 수도 있으니까 멀리할 수밖에 없는 구조였지."

"그러네요. 다들 멀리했을 것 같아요."

"그런 상황에서 혜란이가 귀양을 갔다면 어떻게 했겠어?"

"글쎄요."

잠깐 생각에 잠긴 혜란이 자신 없는 목소리로 대꾸했다.

"저도 그냥 세상 원망하다 죽었을 거예요. 아니면 자살했든지."

"이웃 동네에 해남 윤씨가 살고 있었지. 다산의 어머니가 해남 윤씨여서 그곳에 갈 수도 있을 것 같지만, 귀양 간 사람은 그 고을 안에서만 있어야 해서 갈 수도 없었어."

"아무튼, 그래서요?"

혜란이 곰 선생 앞으로 몸을 숙이며 물었다.

"아무튼, 강진에 내려가 주막에 들렀지. 그러고는 그곳에서 식사

했다는 게야. 보나 마나 돼지 국밥 한 그릇이겠지. 어쨌든 그게 인연이 되어 그 집에서 거의 3년 가까이 무위도식하며 그 주막 별채에서 지냈다는 말이 있는데 확실히는 모르겠어.”

“그러고는요?”

“3년 가까이 무위도식했다고 하면 뻔하지 뭐. 귀양 간 다른 선비들처럼 세상 탓이나 하며 자살도 생각하고 그랬겠지. 그러고 있는데 하루는 노파가 그러더라는 게야. 가만히 보니 대단히 식자가 높은 선비 같은데 왜 그렇게 사시는가? 하다못해 제자라도 가르치며 살아야 하지 않겠는가. 그 말에 다산은 정신을 차린 거지. 현실에 굴하지 않고 가치 창출을 시도하는 동기를 얻게 된 거야.”

“그렇다면 노파가 아이디어를 제공한 거네요?”

“그런 셈이지. 그때부터 주막에 들락거리는 사람들의 자식을 시작으로 나중에는 해남 윤씨 자손까지 제자로 길러 내면서 세상과 소통하게 된 거야. 그러면서 부정부패가 만연한 벼슬아치와 양반의 행패를 보게 되고 마침내 ‘애절양’이라는 시까지 짓게 된 거지.”

“‘애절양’요? 내용이 뭔데요?”

“내용인즉슨 갈대밭에 젊은 아낙네 울음소리 그지없어 관청 문을 향해서 울부짖다가 하늘을 보고 통곡한다는 그런 말로 시작하거든. 시아버지도 죽고 갓난아기 젖을 먹이는데 그 아기까지 군적에 올랐다는 거야. 그래서 그 인두세가 억울하다고 관청에 쫓아갔더니 문지기한테 욕만 먹고 재산인 소를 끌고 갔다는 게야. 그러니까 남

편이 자신 때문에 아이를 낳게 되었다면서 누에를 치던 방에 들어가 생식기를 잘랐다는 그런 내용이야.”

혜란은 대꾸 없이 눈길을 바닥에 깔았다. ‘애절양’에 대한 추측이 맞았다는 게 확인되는 순간이었다. 곰 선생은 말을 이었다.

“암튼 주막 주모의 아이디어지만, 사의제라는 곳에서 4년 동안 청소년을 가르치면서 시도 짓고 책도 썼던 거지.”

“그러니까, 그게 가치 창출이라는 것이죠?”

“그런 셈이지. 자기가 처한 악조건에서도 절대 좌절하지 않고 긍정적으로 가치 있는 조건을 만들어 내는 거지.”

“그러고 나서 바로 서울로 왔나요?”

“아니. 17년간 강진에서 귀양살이했으니까. 그 뒤로는 외가 쪽 해남 윤씨 가문의 도움을 받아 다산초당을 짓고 그곳에서 거의 5백여 권이나 되는 책을 써냈지.”

“5백 권이나요? 일일이 붓글씨로요?”

“그때는 붓밖에 없으니까. 지금 같으면 컴퓨터 자판만 후다닥 두드리면 되지만.”

“대단하세요. 그럼 그때 『목민심서』, 『흠흠신서』 같은 걸 썼단 말이죠?”

“그런 거지. 그러니까 어떤 어려움이 닥쳐도 절대 좌절하지 말고 그 상황에서 어떤 일을 하는 게 가장 최선일까를 주도면밀하게 살피고 실천하는 삶이 중요해. 특히 글을 쓰는 사람은 창의성이 필요

해서 좌절할 때가 많아. 매번 새롭게 써야 하거든. 어쨌든, 어떤 때
는 글이 진전되지 않아 좌절하고 어떤 때는 애서 써 놓은 글이 독자
에게 읽히지 않거나 평론가로부터 심한 비판을 받을 때도 있지. 그
러다 보면 생활하는 데 경제적인 타격을 받을 때도 있어. 그래서 그
런 말이 있지. 문인은 그 가족에서 독립군에 불과하다고."

"독립군요?"

혜란이 이해되지 않는다는 듯 눈을 크게 뜨는 바람에 굵은 쌍까
풀이 사라져 버려 눈알이 툭 불거진 것처럼 보였다. 곰 선생은 혜란
의 오뚝이 같은 눈을 보며 피씩 웃었다.

"살아 있을 때는 가족에게 별로 도움이 되지 않지만 죽으면 이름
정도 남는다는 뜻."

"……."

혜란은 이해하는 데 시간이 조금 걸렸고, 이해하고 나서는 비참
하다는 생각이 들었고, 그렇다면 혜란 자신도 그런 경우를 당할 수
있겠다는 생각이 들었고, 마지막으로는 그렇다면 지금 옳은 길로
가고 있느냐는 생각마저 하게 되었다. 곰 선생은 혜란의 속내를 다
읽어 낸 듯 생각할 시간을 주고 나서 이어 말했다.

"그래서 좋은 작품을 쓰고 그것으로 승부를 걸 때까지 살아갈 수
있는 가치 창출이 필요하다는 거야."

혜란이 빙긋 웃으며 대꾸했다.

"그러니까 선생님처럼 누구를 가르친다거나 강의를 한다거나 다

른 직업으로 생계를 유지하면서 글을 써야 한다는 그런 말씀이지요? 맞지요?"

곰 선생은 그저 허허 웃었다.

"이제 수업 들어가죠."

"그럴까."

곰 선생은 어설프게 웃었다. "오늘은 창의적인 사고에 대해 생각해 보자. 저번에 소설가는 무엇부터 깨뜨려야 한다고 했지?"

"철학과 도덕요."

"기억력 역시 최고야."

이때 사모님의 목소리가 들려왔다.

"혜란이 왔어요?"

"그래요."

"차 한잔 하실래요?"

"조오치!"

바닷가 파도소리처럼 커피포트에서 물 끓는 소리가 들리고 나서 찻그릇이 담긴 대나무로 된 쟁반을 들고 사모님이 들어왔다.

"연꽃차 대령입니다."

"네, 고맙습니다."

차를 들면서 혜란이 사모님한테 물었다.

"사모님도 선생님을 독립군쯤으로 생각하세요?"

"독립군?"

사모님이 눈을 동그랗게 뜨고 혜란과 곰 선생을 번갈아 보았다. 곰 선생은 민망한지 눈길을 옆으로 돌렸다.

"선생님이 작가란 그 가정에서 독립군과 같은 존재라고 하셨어요. 있으면 가정에 큰 도움이 안 되고 돌아가시고 나서야 이름이 남는."

말하면서 사모님의 얼굴을 살폈다. 약간 굳은 얼굴로 생각에 잠겨 있던 사모님의 얼굴이 환하게 밝아지면서 말문을 열었다.

"비중을 물질적인 면에 둔다면 그것도 말이 되지. 어느 쪽에 더 가치를 두느냐는 사람마다 다르겠지만, 난 전자를 선택하지는 않겠어. 지금 다시 시작한다 해도."

혜란은 사모님의 이어지는 다음 말을 기다렸다.

"살아가면서 경제적인 풍요로움도 그 가치를 존중받아야 하지만 그것은 한계가 있고 소모적이거든. 하지만 창작 행위는 인류의 문명을 발전시키는 데 돈보다 더 이바지한다는 점을 난 믿고 싶어. 그래서 난 돈을 선택하지 않고 글을 쓰는 선생님을 선택한 거지."

"그렇죠?"

혜란이 활짝 웃으며 덧붙였다.

"저희 할머니, 중학교 교감 선생님으로 정년퇴직하셨잖아요. 할머니는 연금에서 얼마를 쪼개 저에게 용돈을 주시는 대가로 항상 하시는 말씀이 작가 꿈 버리고 더 열심히 공부해서 로스쿨을 나와 법관이나 변호사가 되든지, 아니면 이과 공부를 더 많이 해 의사나 약사가 되라는 거예요."

"나쁜 말씀은 아니시잖아."

"전 솔직히 책상 앞에서 공부 열심히 해 일류대학을 나와 로스쿨에 가서 또 머리 터지게 공부해서 겨우 남의 잘잘못 가려주고 돈 받아먹고 사는 짓 하기 싫거든요. 또 소질도 없는 이과 공부 날 새워 죽어라고 하여 온종일 약국 안에서 약이나 팔거나 남의 눈, 이 아니면 내장이나 항문을 온종일 보면서 돈 버는 의사도 싫어요. 그래서 몸과 정신이 자유로울 수 있는 작가를 선택한 거예요."

사모님은 다 마신 찻잔을 챙기면서 말했다.

"꿈이 확실해서 좋아."

"많은 애가 앞으로 꿈이 뭐냐고 물으면 아직 없다고 하는데 그런 점에서 전 한 발짝 앞선 선구자인 셈이지요."라고 말하고는 쑥스러운지 히힛, 하고 웃었다.

사모님이 다기가 담긴 대나무 쟁반을 들고 일어섰다.

"공부해."

"고마워요. 사모님. 연꽃차 향기, 정말 좋아요."

"고마워."

사모님이 나가자 곰 선생이 자신이 찬 손목시계를 보면서 물었다.

"글을 쓸까, 하던 이야기를 계속할까?"

혜란도 휴대전화를 꺼내 보았다. 4시 반이었다. 5시면 일단 집으로 가서 저녁을 먹고 바로 EBS 영어교실을 시청해야 했다.

"이야기 계속하시지요. 시간도 없으니까."

"그럴까? 그럼, 뭐 궁금한 거 있어?"

잠시 시차를 두고 나서 혜란이 말했다.

"창의적인 사고라는 게 뭘까요?"

"창의적? 설명하기에는 너무 광범위하지. 그 뜻풀이를 하기 전에 먼저 삐딱하게 보기, 의미의 재해석이랄까, 그것에 대해 먼저 이야기해 보자. 삐딱하게 보기, 의미의 재해석, 이 말을 생각할 때 생각나는 말 없어?"

잠시 생각에 잠기고 나서 혜란이 대꾸했다.

"세상을 새롭게 보는 거요?"

"바로 그거야. 그게 바로 창의적 사고지. 다르게 본다든가 기발하게 보는 것을 뜻한다고 보면 쉬울 거야. '춘향전'에서 꼭 변사또에게 끌려가 옥살이를 하면서도 시대가 그러니까 그대로 순응해야 할까? 혜란이 같으면 어떻게 이야기를 전개했을까? 춘향이처럼 일편단심 이몽룡만 기다려?"

"그건 당시의 도덕성이고 철학이잖아요? 그것을 깨는 게 바로 작가가 할 일이잖아요?"

"그렇지."

"그러니까…… 음, 전 이렇게 쓸 거예요. 우선 이몽룡이 꼭 그때를 맞춰 암행어사로 출두한다는 게 필연이 아니고 우연이라서 소설적으로 실패했다고 보거든요."

"어쭈, 평론가 수준이야. 그래서?"

"변사또에게 협박당할 때 재빨리 전 남장을 하고 한양으로 올라갈 거예요."

"그러고는?"

"이몽룡을 찾아가야지요. 그러고는 따질 거예요. 너 나를 갖고 논 거밖에 더 돼? 어떡할 거야. 그러고는 뒷바라지해서 과거 급제시키고 나서 암행어사로 내려갈 때 같이 내려가 변사또를 묵사발 만들든지, 아니면 다 잊어버리고 행복하게 살든지 할 거예요."

"기발한데."

"아니면, 전 이몽룡과 같이 외국으로 갈 거예요. 변사또 같은 자가 없는 자유로운 나라로."

"그런 기발한 아이디어를 잘 활용한 예를 들 수 있을까?"

"지금 막 생각나는 것은, 『우동 한 그릇』이에요."

"일본 소설?"

"많은 사람에게 감동을 주었다는 말을 듣고 읽었는데, 이야기가 평범하고 어디에나 있는 듯하지만, 그 안에는 소설적 장치가 많다는 것을 알았어요."

"뭐가?"

"우동 3인분을 안 주고 1인분 반만 넣는다든지, 예약석을 만들어 놓고 그것을 상품화시킨 점도 그렇고, 또 2백 엔으로 올랐는데 세

모자가 오기 전에는 가격표를 뒤집어 걸어놓는다든지, 요소요소에 소설적 장치가 잘 돼 있는데, 전 그 점도 창의적이라고 봐요."

"맞아. 그렇다면 그 소설에서 창의적인 장치가 여기저기 박혀 있는 것은 어떤 노력으로 그렇게 됐을까?"

"여러 번 읽어서요?"

"그래, 그 말도 맞아. 바로 몰입이지. 초고를 쓰고 나서 또 읽고 고치고 또 읽고 고치다 보면 그런 창의적 발상이 떠오르게 돼. 그리고 또 하나 여기서 절대로 놓쳐서는 안 되는 게 있어."

혜란은 잠시 생각에 잠기고는 고개를 갸우뚱하며 곰 선생을 똑바로 보며 반문했다.

"뭔데요?"

"가슴."

"가슴요?"

"머리로 쓰지 않고 가슴으로 썼다는 거야."

혜란은 고개를 끄덕이고 나서 시무룩하게 대꾸했다.

"그러네요."

"왜, 풀이 갑자기 죽어?"

"전 지금까지 가슴으로 쓰지 않고 머리로 썼다는 것을 깨달았거든요."

그때 혜란의 휴대전화에서 진동음이 울렸다. 혜란이 움찔하며 전화를 받더니 대꾸 없이 걸려온 전화를 받으며 얼굴이 점점 일그러졌다. 휴대전화를 끊고 나서 곰 선생을 바라봤다.

"왜? 무슨 일 있는 거지?"

혜란은 고개만 끄덕였다.

"아까 들어올 때 무슨 일 있다는 거 얼굴에 씌어 있었어. 무슨 일이야?"

혜란은 곰 선생 서재에 오기 전 민태와 광표에게 있었던 일을 이야기했다. 잠자코 듣고 나서 곰 선생이 물었다.

"여학생이 왜 남학생 싸우는 데에 간 거야?"

"사실은 소설로 써먹을 이야깃거리가 있을까 하고요."

"그래서, 얻었어?"

"네."

"그런데?"

"선생님께서 어떻게 알고 전화가 왔대요. 내일 아무래도 일이 벌어질 것만 같아요."

잠시 생각에 잠기고 나서 곰 선생이 말했다.

"부모님께 알리고, 그리고 선생님께도 미리 여쭈어 봐. 별일은 없을 것 같지만, 민태라는 애 뒤통수 상처가 맘에 걸리는군."

혜란이 일어날 자세를 취하며 물었다.

"이제 가도 되죠?"

"그래, 너무 걱정하지 말고."

"네."

직업 흥미 유형 체크리스트

소영, 혜란, 민태의 특성과 적성이 보이시나요?

우리의 주인공들처럼 여러분도 각자의 특성과 적성이 있습니다. 하지만 막연하게 생각할 때와 검사를 통해 객관화된 지표로 나타났을 때 차이가 있을 수도 있겠지요. 그래서 이번 장에서 간단하게 '직업 흥미 유형'을 체크해 보겠습니다.

아래에 질문 그룹이 6개 있습니다. 각 질문 그룹마다 5개씩 문항이 있는데 문항마다 5점을 최고점으로 두고 자신에게 맞는지 판단해서 점수를 매겨 보세요.

(1점: 전혀 그렇지 않다 2점: 약간 그렇지 않다 3점: 보통이다 4점: 약간 그렇다 5점: 매우 그렇다)

질문 그룹 1	점수
거친 운동이라도 무서워하지 않고 잘한다.	
몸으로 하는 일은 무엇이든지 재빠르게 할 수 있다.	
축구, 농구 등과 같은 운동을 잘한다.	
오랫동안 몸으로 힘든 일을 하더라도 잘 견딜 수 있다.	
망치나 드라이버 등 도구를 잘 다루는 편이다.	
합계 점수	

질문 그룹 2	점수
다른 사람을 이끌어 가는 지도력이 있다.	
다른 사람들을 말로 잘 설득한다.	
친구들을 나의 뜻대로 잘 이끌어 가는 편이다.	
많은 사람 앞에서도 나의 의견 발표를 잘할 수 있다.	
말을 요령 있게 잘한다.	
합계 점수	

질문 그룹 3	점수
어려운 처지에 있는 사람의 마음을 들어 주고 이해할 수 있다.	
당황해 하는 사람을 보면 편안하게 해 주려고 하는 편이다.	
친구들의 고민을 잘 들어 주고 위로해 준다.	
어려운 사람을 보면 불쌍한 마음이 들어 도와준다.	
남에게 인정을 잘 베푼다.	
합계 점수	

질문 그룹 4	점수
예술 분야에 대하여 친구들보다 더 많이 알고 있다.	
나는 아름다움에 대하여 매우 예민한 사람이다.	
나는 아름다운 것에 쉽게 감동한다.	
예능에 소질이 있다는 말을 듣는다.	
음악이나 무용에 소질이 있다.	
합계 점수	

질문 그룹 5	점수
무슨 일을 할 때는 미리 계획을 세워서 하는 편이다.	
세밀하고 꼼꼼한 일을 잘할 수 있다.	
나에게 맡겨진 일은 정확히, 그리고 빈틈없이 한다.	
용돈을 계획적으로 잘 사용한다.	
나의 소지품 정리정돈을 잘한다.	
합계 점수	

질문 그룹 6	점수
무엇이든 분석하고 원인을 생각해 보는 편이다.	
사물이나 사건을 관찰하고 원인을 따져 본다.	
머리가 좋다.	
학업성적이 우수하다.	
과학 과목을 잘한다.	
합계 점수	

합계 점수

다 점수를 매겨보셨나요? 합계를 냈을 때 어떤 질문 그룹의 점수가 가장 높았나요? 가장 높은 점수가 나온 질문 그룹이 자신의 직업흥미유형입니다. 이제 각 질문 그룹이 어떤 유형에 대한 질문이었는지 알려 드리겠습니다.

질문 그룹 1: 현장형 질문 그룹 2: 진취형
질문 그룹 3: 사회형 질문 그룹 4: 예술형
질문 그룹 5: 관습형 질문 그룹 6: 탐구형

다음 페이지에서 각 유형별 특징과 주인공 세 명의 특징을 살펴볼 수 있습니다.

직업 흥미 유형별 특징

관습형(C)

특 성 : 동조, 자료
흥 미 : 조직, 정보, 재무, 회계
가 치 : 정확성, 안정성, 효율성, 능률성
직 업 : 금융 및 회계 전문가, 사무 행정관

진취형(E)

특 성 : 관리, 과제
흥 미 : 사회, 정치, 리더십
가 치 : 힘든 과업 수행, 지위 권력 경쟁
직 업 : 지도자, 금융 및 상업 분야의 전문가

현장형(R)

특 성 : 실행, 사물
흥 미 : 기계, 도구, 옥외 활동, 장비 사용, 건설,
　　　　보수
가 치 : 전통성, 실용성, 일반상식
직 업 : 기계를 다루는 기술자 또는 운동선수

탐구형(I)

특 성 : 사고, 아이디어
흥 미 : 과학, 아이디어, 이론, 자료
가 치 : 독립성, 탐구성, 학습
직 업 : 사물이나 현상의 발견을 할 수 있는 연구
　　　　직이나 과학자

예술형(A)

특 성 : 창조, 아이디어
흥 미 : 자기 표현, 예술, 음악
가 치 : 독창성, 독립성
직 업 : 예능인, 예술인, 작품활동

사회형(S)

특 성 : 자선, 사람
흥 미 : 사회, 단체 활동, 지역사회 봉사
가 치 : 조화, 관용, 봉사성
직 업 : 봉사 정신을 발휘하는 일 또는 존경받는
　　　　직업(교사, 치료사 등)

	성격 유형	장점
현장형(R)	남성적이고, 솔직하고, 검소하고, 지구력이 있고, 신체적으로 건강하며, 소박하고 말이 적으며 단순하다.	지구력이 있고, 구체적이고, 실제적이다. 질서 정연하고, 체계적으로 활동 및 조작한다.
탐구형(I)	탐구심이 많고, 논리적, 분석적, 합리적이며, 정확하고, 지적 호기심이 많으며, 비판적, 내성적이고, 수줍음을 잘 타며 신중하다.	탐구심이 많고, 논리적, 분석적, 합리적이다. 정확하게 관찰하고 지적 호기심이 많다.
예술형(A)	상상력이 풍부하고, 감수성이 강하며, 자유분방하고 개방적이다. 감정이 풍부하고 독창적이다. 개성이 강하고, 협동적이지 않다.	상상력이 풍부하고, 감수성이 강하며, 개방적, 직관적이다.
사회형(S)	사람을 좋아하고 어울리기 좋아하고, 친절하고 이해심 많으며, 남을 잘 도와주고 봉사적이며, 감정적이고 이상주의적이다.	사람과 어울리기 좋아하며, 친절하고 이해심이 많다. 관대하고 따뜻하며, 협동적이다.
진취형(E)	지배적이고 통솔력, 지도력이 있으며, 말을 잘하고 설득적이며, 경제적이고, 야심적이며, 외향적이고 낙관적이고, 열성적이다.	통솔력과 지도력이 있으며, 외향적이고 낙관적이다. 모험심이 가득하고 활기차다.
관습형(C)	정직하고 빈틈이 없으며, 조심성이 있고 세밀하다. 계획성이 있고 변화를 좋아하지 않으며, 완고하고 책임감이 강하다.	정확하고, 세밀하며, 계획적이고, 책임감이 강하다.

단점	직업 활동
대인관계 능력이 부족하고, 냉정하고, 직선적이며, 비사교적이다.	분명하고, 질서정연하고, 체계적인 대상, 연장, 기계, 동물들의 조작을 주로 하는 활동, 신체적 기술을 좋아하고, 교육 및 치료적 활동은 좋아하지 않는다.
사회적이고 반복적인 활동에는 관심이 부족하다.	관찰적, 상징적, 체계적이며, 물리적, 생물학적, 문화적 현상의 창조적 탐구를 수반하는 활동에 흥미를 보인다. 사회적이고 반복적인 활동에는 관심이 부족한 면이 있다.
자유분방함으로 협동 활동에 부적합하다. 상징적이고 자유적이어서 체계가 부족하다.	예술적 창조와 표현, 변화와 다양성을 싫어한다. 모호하고 자유롭고, 상징적인 활동을 좋아하지만, 명쾌하고 체계적이고 구조화된 활동에는 흥미가 없다.
기계, 도구, 물질과 함께 하는 질서정연하고 체계적인 일에 흥미가 부족하다.	타인의 문제를 듣고 이해하며 도와주고 치료해 주고 봉사하는 활동들에 흥미를 보인다.
야심이 많고 과시를 많이 하는 경우 독선적일 수 있다.	조직의 목적과 경제적 이익을 얻기 위해 타인을 선도, 계획, 통제, 관리하는 일과 그 결과로 얻어지는 위신, 인정, 권위를 얻는 활동들을 좋아하지만 관찰적, 상징적, 체계적 활동에는 흥미가 없다.
완고하고, 융통성이 부족하며, 보수적이다. 탐구력과 독창성이 부족하다.	정해진 원칙과 계획에 따라 자료들을 기록, 정리, 조직하는 일을 좋아하고 체계적인 작업 환경에서 사무적, 계산적 능력을 발휘하는 활동을 좋아한다. 창의적, 자율적, 모험적, 비체계적인 활동은 혼란을 느낀다.

혜란의 직업 흥미 검사보고서

남혜란 (여, 15세, 중2, 예술형)
희망직업 : 작가

유형	예술형(A)
성격 유형	상상력이 풍부하고, 감수성이 강하며, 자유분방하고 개방적이다. 감정이 풍부하고 독창적이다. 개성이 강하고, 협동적이지 않다.
직업 활동	예술적 창조와 표현, 변화와 다양성을 좋아한다. 모호하고 자유롭고, 상징적인 활동을 좋아하지만, 명쾌하고 체계적이고 구조화된 활동에는 흥미가 없다.
특성	창조, 아이디어 지향
흥미	자기 표현, 예술, 음악
가치	독창성, 독립성
장점	상상력이 풍부하고, 감수성이 충부하며, 개방적, 직관적이다.
단점	자유분방함으로 협동 활동에 부적합하다. 상징적이고 자유적이어서 체계가 부족하다.
직업	예능인, 예술인, 작품 활동

소영의 직업 흥미 검사보고서

강소영 (여, 15세, 중2, 탐구형)
희망직업 : 의사

유형	탐구형(I)
성격 유형	탐구심이 많고, 논리적, 분석적, 합리적이며, 정확하고, 지적 호기심이 많으며, 비판적, 내성적이고, 수줍음을 잘 타며, 신중하다.
직업 활동	관찰적, 상징적, 체계적이며, 물리적, 생물학적, 문화적 현상의 창조적인 탐구를 수반하는 활동에 흥미를 보인다. 사회적이고 반복적인 활동에는 관심이 부족한 면이 있다.
특성	사고, 아이디어 지향
흥미	과학, 아이디어, 이론, 자료
가치	독립성, 탐구성, 학습
장점	탐구심이 많고, 논리적, 분석적, 합리적이다. 정확하게 관찰하고 지적 호기심이 많다.
단점	사회적이고 반복적인 활동에는 관심이 부족한 면이 있다.
직업	사물이나 현상의 발견을 할 수 있는 연구직이나 과학자

민태의 직업 흥미 검사보고서

권민태 (남, 15세, 중2, 현장형)
희망직업 : 경찰

유형	현장형(R)
성격유형	남성적이고, 솔직하고, 검소하고, 지구력이 있고, 신체적으로 건강하며, 소박하고 말 수가 적으며, 단순하다.
직업 활동	분명하고, 질서정연하고, 체계적인 대상, 연장, 기계, 동물들의 조작을 주로 하는 활동, 신체적 기술을 좋아하고, 교육 및 치료적 활동은 좋아하지 않는다.
특성	실행, 사물 지향
흥미	기계, 도구, 옥외 활동, 장비 사용, 건설/보수
가치	전통성, 실용성, 일반상식
장점	지구력이 있고, 구체적이고, 실제적이다. 질서정연하고, 체계적으로 활동 및 조작한다.
단점	대인관계 능력 부족. 냉정하고, 직선적이며, 비사교적이다.
직업	기계를 다루는 기술자 또는 운동선수

3장

꿈꾸는 내가 되려면

얘는 작가예요

곰 선생 댁을 나오자마자 혜란은 민태에게 전화를 걸었다.

"어떻게 된 거야?"

"어떤 녀석이 선생님께 고자질했어."

"그래? 간단하잖아? 나 아니면 정우."

"난 넌 줄 알았어."

"미쳤니? 정우한테 전화해 봤어?"

"아니. 창피해서."

"내가 해 볼게. 일단 끊는다."

혜란은 일방적으로 전화를 끊고 정우에게 전화를 걸었다.

"누구세요."

정우가 받았다.

"나 혜란인데, 네가 일렀니?"

혜란의 말에 대뜸 정우의 반격이 날아왔다.

"웃기지 마! 네가 했잖아! 날 뭐로 보고 그따위 소리야?"

"좋게 말할 때 목소리 낮춰라. 난 네가 그런 줄 알았다고."

"웃기고 있네. 죽을래!"

"너한테 죽으려면 태어나지를 않았다."

혜란은 일방적으로 재빨리 전화를 끊고 민태에게 걸었다. 정우가 그러지 않았다며 혜란이 생각해도 그럴 리가 없다고 했다.

"정우가 고자질했다면 제가 먼저 다치게 되어 있잖아? 말리지 않고 옆에서 부추긴 꼴이 됐으니까 말이야."

"말 되네."

"아무튼, 내일을 기다려 봐."

이튿날, 혜란은 등굣길이 불안하면서도 앞으로 일어날 일이 기대도 됐다. 뭔가 일이 더욱 커져서 흥미로워지고, 좀 어렵겠지만 좋은 경험도 하게 될 것 같았다.

버스 종점을 지나면서 하나 둘 늘어나는 친구들이 이제는 다섯 명이 되었다. 친구들은 평소와 다름없이 재잘재잘 거리며 잘도 떠들어 댔지만, 혜란은 그 분위기에 쉽게 끼어들지 않았다. 다른 때 같으면 누군가 던진 말의 꼬리를 잡아 웃음거리로 반전시키거나 그날따라 뛰는 모습을 웃을 수 있는 소재로 만들어내고 하는 데 나름 재주를 가지고 있는 혜란이었다. 그러나 오늘만은 학교에서 벌어질 민태와 광표 사건이 머릿속에 꽉 차 있어 앞서거니 뒤서거니 섞여 가는 친구들과의 분위기에 맞출 기분도, 그런 마음의 여유도 없었다.

불안한 가운데, 마침내 올 것이 오고야 말았다. 혜란이 상담실에 들어갔을 때는 이미 민태와 광표, 정우가 원탁을 중심으로 의자에 앉아 있었다. 상담선생님께서 굳은 표정으로 혜란을 빈 의자에 앉게 했다. 그러고는 말을 꺼냈다.

"다투게 된 동기부터 말해 볼까? 누구부터 말할 거야?"

넷은 서로의 눈치를 살폈다.

"혜란이 네가 말해 봐. 이 중에는 가장 객관적으로 말할 수 있을 것 같으니까."

혜란은 잠깐 쌈을 두면서 생각했다. 변명하지 말자. 거짓말하지 말자. 제일 나은 방법은 정직밖에 없다. 그렇다. 솔직하자. 혜란은 마음을 굳히고 입을 열었다.

"한마디로 갱에이지에 맞는 서열 다툼이었어요."

"뭐?"

상담 선생님의 짙은 눈썹이 하늘로 솟았다.

혜란은 곰 선생으로부터 딱 한 번 들은 갱에이지(주로 동성끼리 모여 자기들만의 폐쇄적인 집단을 이루고 집단적인 놀이를 즐기는 8~13세의 연령층을 이르는 말)라는 말이 입에 붙어 있다가 그럴 생각도 없이 말로 튀어 나간 것이 참 신기했다.

"아이들 서열 다툼이었다고요."

혜란이 바꾸어 말했다.

"쉽게 풀어서 자세히 말해 줄래?"

혜란은 어제 있었던 일을 솔직하게 다 털어놨다. 그러고는 상담 선생님의 말씀을 기다렸다.

"어쨌든 치고 패고 싸웠잖아! 그러니까 폭행 혐의가 있다고 파출소로 신고가 들어간 거지."

"네에?"

민태와 광표, 정우까지 똑같이 놀라워했다.

"파출소에서요?"

민태가 물었다.

"그래, 파출소에서 연락이 왔어. 민태 너 뒤통수 꿰매고 상처 치료했잖아."

민태는 고개를 다소곳이 숙이고 눈길을 의자 아래로 떨어뜨렸다.

"민태가 일렀다고요?"

광표가 대들 듯 말했다.

"민태 상처를 치료한 병원에서 신고한 거야. 얼굴도 할퀸 자국이 있고 팔꿈치며 목 부위에 찰과상이 있다고, 싸움이 있었던 것 같다고 말이야. 원장이 청소년선도위원 위원장이거든."

광표와 민태, 정우, 혜란이까지 거 봐, 내가 아니잖아! 하는 눈길로 서로 돌아보았다.

상담 선생님이 말을 이었다.

"방과 후에 파출소에 보낸다고 했으니까 가서 조치 받고 와."

"입건되는 거예요?"

민태가 굳은 표정으로 물었다. 상담선생님은 약간 웃는 기색으로 가볍게 대꾸했다.

"소년원으로 가겠지."

그러고는 잊었던 말이 갑자기 생각난 듯 혜란을 향해 물었다.

"그나저나, 넌 남학생 싸우는 데 왜 간 거야?"

갑작스러운 물음에 혜란은 잠시 머뭇거렸다.

"왜 간 거냐고? 남학생 싸우는 게 좋아?"

그 말에 자존심이 상한 혜란이 볼멘소리로 대꾸했다.

"네, 좋아요. 재미있어요."

"뭐라고?"

상담 선생님의 얼굴이 일그러졌다.

민태가 혜란이 앉은 의자를 발로 툭 차고는 말했다.

"제가 가자고 했어요. 아시잖아요. 혜란이 얘 작가가 목표인 거."

"작가하고 무슨 관계가 있어?"

"경험이 다양해야 멋진 글을 쓸 수 있으니까요. 전 잘 모르지만."

상담 선생님은 혜란을 향해 물었다.

"민태 말 맞아?"

혜란은 솔직함으로써 작가라는 자신의 목표를 향해 흔들림 없이 나가고 싶었다. 그래서 가장 확실한 대답을 내놓았다.

"맞아요."

파출소는 동사무소 옆에 있었다. 평소 파출소하고는 아무런 관계가 없어 신경 쓰지 않았는데, 갑자기 그곳에 오게 되자 광표와 정우는 사뭇 긴장하며 느릿느릿 걸었다. 그러나 민태와 혜란은 오히려 호기심 가득한 눈으로 파출소를 향해 성큼성큼 다가가고 있었다.

민태가 먼저 파출소 안에 들어서자 정면에 앉아 있던 무궁화 잎 세 개짜리 계급장을 단 경관 아저씨가 물었다.

"싸우다가 머리 터진 녀석들이구나!"

"네."

민태가 머리를 주억거리며 대꾸했다.

"두 녀석은 왜 안 와?"

"밖에 서 있어요."

"가서 들어오라고 해."

"네."

민태가 밖으로 나왔다.

"뭐래?"

정우가 겁먹은 얼굴로 물었다.

"빨리 들어오래."

"괜찮을까?"

"내가 알아?"

광표가 들어오고 뒤따라 정우가 들어오자 네 사람을 벤치에 나란히 앉게 했다. 한쪽에서는 순경 아저씨가 머리가 하얗고 얼굴이 물

걸치듯 유난히 쭈글쭈글한 할머니와 대화를 나누고 있었다. 할머니는 치매 환자로 집을 찾아가지 못해 여기저기 수소문하는 중이었다.

"김민태."

이파리 세 개 아저씨가 불렀다. 그제야 보니 이름표에 경장 이승수라고 씌어 있었다.

"네."

"왜 싸웠어?"

민태는 담임선생님께서 미리 알려 준 말을 떠올렸다.

"잘못했습니다."

"뒤통수를 꿰맸다고?"

"네."

"일어나 가까이 와 봐."

민태가 머리를 디밀자 덧붙였다.

"돌아서."

이 경장은 민태의 뒤통수 머리칼을 치켜들고 상처를 살폈다. 그러고는 돌아서게 한 후 말했다.

"꽤 상처가 큰데, 누가 무엇으로 어떻게 한 거야?"

민태는 고개를 돌려 벤치에 앉아 있는 광표를 돌아보았다. 광표는 고개를 왼쪽으로 돌려 그쪽 출입문 쪽을 보고 있었다.

이 경장이 책상 위에 놓은 서류를 보고는 약간 화난 목소리로 말했다.

"전광표!"

광표가 비상구에 있던 눈길을 이 경장 쪽으로 옮겼다.

"전광표?"

"네."

"네가 민태 뒤통수에 상처를 냈니?"

광표는 고개를 숙였다.

"뭐로?"

광표는 대꾸하지 않았다.

"김민태, 뭐로 맞았지?"

민태는 어물거리며 정우를 돌아봤다. 정우는 민태의 눈길을 혜란에게 옮겼다. 혜란의 얼굴이 발그레해졌다. 약간 숙였던 혜란의 고개가 이 경장을 향해 꼿꼿이, 똑바로 향했다. 그러고는 대꾸했다.

"돌로요."

"돌?"

"네."

"얼마나 큰 돌?"

이 경장이 되물었다.

"자세히 보지는 않았지만, 주먹만 했을 거예요."

이 경장이 이번에는 옆머리를 만지작거리고 있는 정우를 향해 물었다.

"이정우, 너도 그곳에 있었지?"

"네."

정우가 기어들어가는 목소리로 대꾸했다.

"얼마나 컸어?"

"뭐가요?"

정우가 되물었다.

"돌!"

이 경장의 목소리가 커졌다. 겁먹은 듯 정우는 제 주먹을 보고는 대꾸했다.

"주먹보다 조금 더 컸을 걸요."

정우의 말을 듣고 있던 이 경장이 일어서며 출입문 쪽을 보고 말했다.

"어서 오십시오. 뭘 도와드릴까요?"

"저어, 전광표 아비 되는 사람입니다."

순간 모두의 눈길이 출입문 쪽을 향했다. 짙은 남색 정장 차림에 뚱뚱한 편이었다. 머리는 반백이었지만 매우 젊어 보였다. 눈썹이 짙고 눈이 부리부리하게 생긴 미남형이었다. 그러고 보니 광표와 많이 닮았다고 혜란은 생각했다.

광표의 고개가 물먹은 종이 인형처럼 툭 꺾였다.

"저쪽 자리로 가 앉으시지요."

이 경장이 소파와 탁자가 있는 안쪽을 가리키자 광표 아빠가 그

쪽으로 가 앉았다. 무궁화 꽃 한 송이를 얹은 파출소장이 사무를 보다 말고 광표 아빠를 맞았다.

"죄송합니다. 자식 교육을 제대로 하지 못해……."

광표 아빠가 굽실하며 말하자 광표 아빠만큼이나 뚱뚱한 파출소장이 받았다.

"아이들 잘못인가요. 호르몬 잘못이지요."

그 말에 혜란이 '쿡'하고 웃었다.

광표 아빠가 파출소장에게 명함을 건네며 건강식품 대리점을 하고 있다고 자기를 소개했다. 그러고는 금세 오래 사귄 사람들처럼 이야기판을 벌였다. 요즘 사회적으로 관심이 집중된 청소년 학교 폭력이 주된 이야기였다.

그때까지 어둡고 굳은 얼굴로 아주 사무적인 말만 뱉던 이 경장의 얼굴이 갑자기 풀어지며 피식 웃었다. 그러고는 다시 정색하고 물었다.

"김민태, 전광표 처벌을 원하니?"

"아니요."

민태가 광표를 보며 대답했다.

"전광표, 넌?"

광표는 고개를 숙인 채 기어들어가는 목소리로 대꾸했다.

"아니요."

"그래도 너희는 피를 흘리며 싸웠으므로 일단 소년원에 가서 고생 좀 하고 와야겠다."

이 경장이 웃으며 말했으므로 그냥 농담조로 말했다는 것을 혜란은 느낄 수 있었다. 그러나 민태는 긴장하는 눈치였다. 광표는 고개를 숙이고 있어 그 표정을 알 수 없었다.

"어서 오세요."

이 경장의 목소리에 모두의 얼굴이 출입문 쪽을 향했다. 이어 이번에는 민태의 고개가 꺾이고 쳐 들려진 광표의 고개는 그대로 유지했다.

"민태 아버님 되시죠?"

"네."

"저쪽으로 가시지요."

민태 아빠와 광표 아빠는 악수하며 인사말을 주고받았다. 말 내용으로 봐 미리 서로 통화가 있었던 것으로 보였다.

민태 아빠와 광표 아빠가 말을 나누는 사이 파출소장이 이 경장에게 와서 낮은 목소리로 뭐라 하고 민태 아빠가 있는 곳으로 갔다. 이 경장이 벤치에 앉아 있는 넷에게 말했다.

"오늘 너희 모두를 수갑 채워 구치소로 데려가려 했는데 수갑 개수도 모자라고 그마저 고장이 나서 일단 집으로 보내는 거야."

긴장이 풀어진 녀석들은 금세 몸을 뒤틀고 머리칼을 손가락으로 빗어 내리고, 어수선했다. 이 경장이 말을 이었다.

"단 여기서 너희를 내보낼 조건으로 어떻게 하면 학교 폭력을 예방할 수 있는지 지금부터 나누어 주는 종이에 그 아이디어를 써서 내게 건넨다. 시간은 10분. 알았지?"

"네."

민태만이 기어들어가는 목소리로 대꾸했다.

이 경장이 목소리를 높였다.

"알았느냐고!"

"네."

모두 다 대답을 하자 이 경장은 A4용지 한 장씩을 나누어 주었다. 녀석들은 각자 가방에서 볼펜이나 연필을 꺼내 놓고 막상 생각이 나지 않아 낮게 상의하거나 멍하니 사무실 쪽을 바라보고 있었다.

혜란도 마찬가지였다. 생전 남학생들이 별 볼 일 없는 자존심을 세우려고 동물적인 격투를 벌이는 것을 목격한 것도 좋았고, 특별히 와 볼 기회가 없을 파출소라는 곳에 와 본 것도 좋은 경험이었다. 그러나 학교 폭력을 예방할 수 있는 아이디어를 써내라고 하는 데에는 난감할 수밖에 없었다.

학교 폭력 예방 아이디어, 학교 폭력 예방 아이디어…… 아무리 머리를 짜내도 마땅한 생각이 떠오르지 않았다. 빌어먹을 학교 폭력 예방 아이디어! 그래, 오늘 집에 가자마자 내 블로그에 오늘 있었던 일을 써서 올리자 여기까지 생각하던 혜란의 머릿속에 마치 깜박깜박하던 형광등이 탁 켜지듯이 떠오르는 게 있었다.

"맞다, 블로그!"

혜란은 급히 써나갔다.

학교 폭력 예방을 주제로 건 블로그를 운영하면 좋을 것입니다. 파출소 경찰관님 중 한 분이 대표로 블로그를 만드시면 우리가 회원 가입하고 적극적으로 참여하겠습니다. 좋으면 제게 엄지를 들어 주세요.

그러고는 그 종이를 이 경장에게 건넸다. 내용을 읽던 이 경장이 고개를 들어 싱긋 웃고는 민태 아빠와 광표 아빠와 같이 대화를 나누고 있는 파출소장에게 가져갔다. 파출소장이 읽고는 아이들 쪽으로 고개를 돌렸다.

"남혜란?"

"네."

파출소장은 엄지를 턱 세워 보이더니 말했다.

"내가 직원 시켜서 블로그 만들지. 그 대신 혜란이도 운영자로 활동해야 해. 알았지?"

혜란이 대꾸하기 전에 정우가 비꼬듯 말했다.

"얜 작가예요."

"작가?"

"작가가 꿈이라고요. 지금도 글 잘 쓰고요."

"그래? 나도 중학교 때까지는 문학소녀였는데, 잘 보여야겠다."

파출소 소장은 여자였다! 남자 같은 여자!

광표와 민태, 정우, 혜란이가 소장이 만든 블로그에 적극 글을 올리겠다는 각서를 쓰고 나서 집으로 돌아갈 수 있었다.

엄마, 의사가 될게

소영 엄마로부터 문자를 받고 민태 엄마는 서둘러 병원으로 갔다. 보통 때와 다르게 소영 엄마의 얼굴에는 생기가 돌면서 흐릿했던 눈이 한결 선명해져 있었다. 모르핀으로 통증을 가라앉히고 있는 얼굴이 전혀 아니었다.

순간, 소영 엄마는 돌아간 엄마의 말을 떠올렸다. '사람이 죽기 바로 직전은 마치 황혼에서 해가 막 넘어갈 때 가장 화려하듯이 순간 생기가 나는 거야. 아마 마지막 유언을 남기라는 하느님의 배려이 겠지.'

민태 엄마는 으르르 진저리를 쳤다.

민태 엄마의 속마음을 모두 읽기나 한 듯이 소영 엄마가 미소 지으며 말했다.

"민태 엄마, 오늘 나랑 같이 자 줄 거야?"

"그거야 얼마든지. 근데 왜 갑자기?"

"그냥 그러고 싶어."

눈을 감고 한동안 숨을 고르던 소영 엄마가 눈을 떴다. 그러고는 흐릿한 눈동자를 민태 엄마의 눈에 맞추더니 더듬더듬 말했다.

"내 기타 가질 거야?"

"난 기타 못 치잖아."

"배우면 돼. 인터넷으로 배워도 되고. 수제품이야."

"클래식 기타는 어렵다면서?"

"세 곡만 잘 치면 돼. 〈로망스〉, 〈알함브라 궁전의 추억〉, 그리고 그게 뭐지?"

"판타지아?"

"응, 〈판타지아 오리지널〉."

"고마워."

"내 유서에 써 넣었어."

그 말에는 민태 엄마로서 대꾸할 수가 없었다. 가슴에서 치솟는 연민 덩어리가 목구멍을 막아버렸다.

"참, 편하다. 그렇지?"

민태 엄마는 눈물범벅인 얼굴인 채 고개를 끄덕였다.

"나 잘게."

"응."

"내 옆에서 자는 거지?"

"응."

"고마워…"

소영 엄마의 장례식은 성당에서 치러졌다. 어렸을 때 영세를 받은 적이 있는데, 돌아가기 얼마 전 종부성사를 받았기 때문에 무리 없이 성당 장례식장으로 가게 되었다.

빈소가 마련되자마자 조화가 마련되기도 전 소영이 다가갔다. 영정 앞에 선 소영은 가족들이 들을 수 있을 정도의 목소리로 말했다.

"엄마, 걱정하지 마. 약속 꼭 지킬 거야."

울고 있던 소희와 강 경위가 울음을 그치고 소영의 목소리에 귀를 모았다. 울음을 참는 듯 잠깐 시간을 두고 나서 소영이 말을 마저 했다.

"암도 천연두처럼 단번에 치료할 수 있는 의술을 만들어 내고 말 거야. 믿어 줘 엄마!"

그러고는 뒷걸음질로 물러나면서 나직이 덧붙였다.

"도움이 돼 드리지 못해 미안해 엄마!"

소영 엄마는 여전히 사진 속에서 웃고 있었다. 가지런한 이가 반쯤 드러나도록 행복한 미소를 머금고 있었다. 이어 천주교 신자들이 몰려와 연도를 하는 바람에 그 뒤로 가족들은 슬퍼할 겨를이 없었다.

오후 4시쯤, 민태 엄마와 민영이 왔다. 민태 엄마의 눈두덩이 붉어졌고 퉁퉁 부어 있었다. 강 경위와 인사를 나누고 나서 소희를 꼭 끌어안았다.

"어떡하니? 고3인데, 지장 없겠어?"

"괜찮아요. 이미 결정된 걸요."

"조리사?"

"네."

"그래, 잘했어. 어려운 점 있으면 언제든 말해."

"고마워요. 이모."

그러고 나서 민태 엄마는 소영에게 다가갔다. 소영은 상복을 챙기고 있었다. 민태 엄마는 마주 서서 소영의 눈만 들여다보았다. 자주 만나지만 소영은 제 주위에 담을 쌓고 있어 가까이하기에는 먼 아이였다. 사람마다 누구나 타인과의 사이에 담을 쌓고 살지만, 대부분은 담이 쉽게 허물어지거나 때에 따라 훌쩍 뛰어넘을 수 있는 높이이다. 그러나 소영이 관리하고 있는 타인과의 담은 높고 고집스럽고 탄탄했다. 그래서 민태 엄마도 그 담의 견고함과 높이가 부담스러워 선뜻 넘어서지 못하고 있었다.

"소영아!"

민태 엄마가 나직이 불렀다.

"네."

소영은 약간은 메마른 목소리로 받았다.

"힘이 못 돼 줘서 미안하다."

"아니에요."

"힘들지?"

소영은 대꾸하지 않았다. 그냥 상복 가운데 제가 입을 것, 검정 저고리와 검정 치마를 챙겨 입고 있었다.

민태 엄마는 서운한 마음이 고개를 드는 것을 억지로 눌렀다. 소영이 눈길이라도 맞춰 줬으면 이렇게 서운하지는 않으리라. 그러나 소영은 끝내 눈길을 맞추지 않은 채 챙긴 상복을 들고 밖으로 나갔다.

끊임없이 천주교 연도 소리가 흘러나오는 가운데 소식을 들은 친척과 강 경위의 직장 동료가 다녀갔다. 소영은 담담한 데 반해 강 경위는 오히려 슬픔을 가누지 못하고 손님이 올 때마다 손수건으로 눈물을 훔쳐냈다.

오후 늦게는 소영의 반 친구들과 담임선생님이 왔다. 빈소에서 예를 갖추고 나오자 소영이 다가갔다.

"소영아, 너무 슬퍼하지 마."

담임선생님의 말씀에 소영은 고개를 약간 숙이고는 대꾸했다.

"와 주셔서 고맙습니다."

"소영아, 어떡해!"

여학생들이 울먹이는 소리로 위로했다.

소영은 고개를 숙인 채 혼잣말을 하듯 흘렸다.

"고마워."

친구들은 소영의 담담한 모습에 안심되면서도 한편으로는 이해할 수 없다는 표정을 지어 보였다. 남학생들은 그저 무뚝뚝하게 소영의 모습만 살폈다.

밤 11시, 세 번째 연도가 있고 나서 한가해졌다. 강 경위는 영정 앞에 잠깐 누웠다. 소희는 소망을 데리고 집에 갔다. 시골에서 올라온 친척 다섯 명 가운데 남자 어른 세 명은 술에 취한 채 소영 엄마의 죽음과는 아무 상관 없는 정치 얘기에 빠져 있었다. 다른 여자 어른 두 명은 가까운 데 여관을 잡아 놨다며 자정이 되면 간다고 식당과 영정을 수선스럽게 왔다 갔다 했다.

"강소영."

제 이름을 부르는 소리에 영정 앞에 앉아서 생각에 잠겨 있던 소영은 흠칫 놀라며 목소리가 들려오는 쪽으로 고개를 돌렸다. 민태와 담임선생이었다.

"선생님!"

"그래그래. 힘들어서 어떡해?"

"웬일이세요?"

"민태하고 민태 아버님하고 할 얘기가 있었는데 네 생각이 나서."

"아까 왔다 가셨잖아요?"

"또 오면 안 되니?"

담임선생의 말에 소영은 얼굴을 붉히며 고개를 숙였다.

"잠깐 나하고 얘기 좀 할까?"

"네, 식당으로 가세요."

성당 식당에서 봉사하는 사람들은 모두 가고 불만 환하게 켜져 있었다. 소영은 음료수 캔과 견과류가 대부분인 안줏감을 냉장고에서 꺼내 식탁 위에 가져다 놓았다.

"약주 드실 수 있으세요?"

소영이 물었다.

"아냐, 가서 자야지."

소영은 담임선생의 맞은편에 앉았다. 캔 음료를 마시며 소영의 눈치를 보던 담임선생이 마침내 입을 열었다.

"슬픈 일이 있어서인 줄은 알지만, 특별히 다른 어려운 점 또 있어?"

"아니요."

소영이 자르듯 부정했다.

"표정이 내내 굳어 있었던 것 같아서…… 어디 아픈 거야?"

"아닌데요……."

"무슨 일이야?"

소영은 얼굴이 붉어진 채 대꾸하지 않았다.

"내가 알면 안 되는 일인가?"

그제야 소영은 묵묵히 콜라를 마시며 앉아 있는 민태의 얼굴을 흘긋 훔쳐보고는 말했다.

"생각이 많았어요."

"그렇겠지. 엄마를 잃은 슬픔에다 엄마의 빈자리도 채워야 하니까."

　담임선생의 말에 소영은 멈칫하며 무슨 말을 꺼내려고 입술을 달싹였다. 담임선생은 묵묵히 소영의 입이 열리기를 기다렸다.

　"선생님, 웃지 마세요."

　"안 웃을게."

　"라론 증후군 아세요?"

　"라론?"

　"왜소증이라고 하는데요."

　"왜소증은 알지. 하지만 야, 국어 선생이 의학 전문용어를 어떻게 다 아니."

　"그 병에 걸린 사람은 암에 걸릴 확률이 거의 없다는 거예요. IGF-1 호르몬이 감소해서 그렇대요."

　"그런데?"

　"그리고 WBH라고 해서 전신 온열 치료법이 있거든요. 환자의 전신을 41.8도까지 가온시켜 한두 시간 유지하면 암세포의 성장을 억제하고 치료도 되거든요."

　"잘 모르겠지만, 그래서 어쨌든?"

　"그래서 단식할 때 생기는 IGF-1 호르몬의 감소 현상과 가온 치료법을 동시에 활용하면서 그 후유증만 없앤다면 암 치료는 훨씬 쉽게 완치시킬 수 있지 않을까, 그런 생각에 잠겨 있었어요."

　"그래서 표정이 굳어 있었던 거야?"

"오늘 아침부터 내내 그 생각에 몰입해 있었는데, 그래서 그랬던가 봐요."

소영의 말에 담임선생은 허허 웃다가 재빨리 입을 다물며 얼굴에서 웃음기를 지웠다. 그러고는 우물우물하던 끝에 소영의 눈치를 보며 조심스럽게 말을 꺼냈다.

"의사라는 직업은 우선 사회적 신분이 보장되고 수익도 보장되는 직업이지. 모든 직업이 그렇지만, 특히 의사라든가 변호사, 정치가 같은 공익적 차원이 높은 직업일수록 이성으로 대하는 게 아니라 가슴으로 우선 대해야 한다고 생각해."

소영은 담임선생이 말하는 의도를 분석하려는 듯 한동안 생각에 잠겼다. 그러다 문득 깨달은 듯 대꾸했다.

"직업도 좋고 공부도 좋지만, 슬플 때는 슬퍼하라는 말씀이죠?"

담임선생은 핵심을 찔려 움찔했다.

"꼭 그런 뜻은 아니지만…… 그렇다는 말이야."

소영이 눈길을 깔고 나지막하게 대꾸했다.

"전 혼자 울어요. 그게 습관이 됐고, 굳이 그 습관을 버리고 싶지 않아요."

그 말이 끝나기가 무섭게 굵은 눈물방울이 소영의 눈에서 툭하고 떨어졌다. 목련꽃 봉오리만큼이나 큰 눈망울에는 눈물이 그렁하게 남아 있었다. 소영이 눈을 깜박이자, 눈물방울이, 줄달아 통통통 떨어져 내렸다.

담임선생의 눈에서도 눈물이 주루룩 흘러내렸다.

"갈게 소영아."

"네, 선생님. 고맙고, 죄송해요."

"내가 괜한 소리해서 미안하다 녀석아."

신발을 신으며 민태도 한마디 건넸다.

"내일 아침에 올게."

"학교 안 가고?"

"내일 토요일이잖아."

"아 참, 그렇지. 잘 가. 고마워."

"힘내."

숙제와 힌트

소영은 고개를 마구 흔들어 댔다. 생각 같아서는 유리창에 머리를 박고 자신의 뺨을 때리고, 엄마의 사진을 안고 엉엉 울고 싶었다.

"왜 그래 소영아?"

뒤에 앉아 오던 소희가 물었다.

"언니, 왜 그래? 아파?"

이번에는 소망이 물었다.

"아니야. 아니야. 아니라고."

아니라고 연신 외치면서도 소영은 연신 고개를 흔들었다.

엄마를 화장하여 수목장을 지내고 오는 중이었다. 화장터 옥상에는 뽀얀 수증기만 폴폴폴 솟아날 뿐 재티 하나 날아오르지 않았다. 엄마는 그렇게 한 줌 재가 되어 아빠에게 안겼다. 그때 떠오른 생각! 엄마의 나머지 몸무게는 어디로 사라진 거지? 아무리 말랐다지만 30킬로그램의 살과 뼈는 있을 텐데, 어디로 간 거지? 그리고 스스로 답을 내렸다.

에너지!

엄마는 에너지, 곧 빛으로 사라져 버린 것이다. 그렇다면 내 몸은 물론 이 차까지도 고열로 태워진다면 모두 에너지란 말이 된다. 결국, 세상 만물은 정보가 달라 에너지화되는 데 필요한 열량만 다를 뿐 에너지에 지나지 않는다는 말 아닌가. 그러면서 언젠가 중국 순자의 주장을 읽고 감탄했던 생각을 떠올렸다.

순자는 말했다. 바위는 기(氣)다. 식물은 기에 생(生)이 더해진다. 그리고 동물은 기에 생에 지(知)가 더해진다. 사람은? 기에 생에 지에 의(義)가 하나 덧붙여진다. 결국, 공통분모는 기(氣)이고 기는 곧 에너지이지 않는가. 따라서 엄마는 결국 기로 변했다. 에너지로 변했다. 생과 지와 의의 정보는 무효가 되고 말았다. 그게 엄마고 그게 나다….

그런 생각에 빠져 있다가 문득 소영은 엄마를 화장하여 수목장을 하고 집으로 돌아오고 있다는 것을 깨달으며 자신이 아주 부도덕하고 비인간적이며 형편없는 이기주의자라는 것을 깨달았다.

소영은 속으로 울부짖었다. '엄마, 미안해! 엄마, 정말로 미안해. 엄마, 잘못했어. 엄마, 용서해 줘.' 눈을 감고 빌고 또 빌었다.

어느 순간 저 안에 있는 블랙홀에 빨려 들어가 있던 엄마에 대한 안쓰러움, 연민의 정, 자신에 대한 안타까움 같은 모든 슬픈 감정이 극도로 압축되어 있다가 순간 빅뱅처럼 폭발하고 말았다.

"으앙!"

소영은 큰 소리로 울었다. 일단 울음이 폭발하자 걷잡을 수도 없었고, 걷잡고 싶지도 않았다. 그냥 터져 나오는 대로 자신을 울음소리에 맡겼다. 그 울음소리는 항아리 속에서 회오리처 솟아오른 것 같기도 하고 도살장 안으로 끌려가면서 울부짖는 소 울음소리 같기도 했다.

"우! 우앙! *끄윽끅!*"

소영은 구역질까지 하며 울었다.

소영의 울음을 시작으로 소망이 따라 울고, 결국 소희까지 소리 내어 울고 말았다.

아무도 말리지 않았다. 소영의 가족이 우는 동안 차는 갓길에 섰다가 유가족이 감정을 추스르자 다시 출발했다.

아파트 단지 내에 들어서자 소희는 엄마의 영정을 들고 앞서 가고 소망이 뒤따랐다. 강 경위는 그곳까지 따라와 준 손님들과 작별 인사를 나누느라 시간을 지체하다가 아파트단지 내에 있는 상가 쪽으로 걸어갔다.

소영은 멍청히 서서 가족들을 태워다 주고 떠나는 승합차를 바라보고 있었다. 눈길은 승합차에 두었지만 소영의 시신경은 모두 엄마와의 한순간의 이미지와 연결돼 있었다.

"가서 쉬지그래?"

소영은 움찔하며 소리 난 쪽으로 고개를 돌렸다. 민태 엄마가 조심스러운 눈길로 소영의 표정을 살폈다. 그러고는 무표정한 소영의 얼굴을 보면서 안심한 듯 엷은 미소를 띠며 이어 말했다.

"피곤한데 가서 쉬어."

그 말에 소영은 "네." 하고 나직하게 대꾸하고는 막 단풍이 들기 시작하는 정원 쪽으로 눈길을 옮기며 덧붙였다.

"먼저 들어가세요. 전 바람 좀 쐬고 들어가겠어요."

"엄만 모든 고통으로부터 해방되신 거야."

민태 엄마가 나직하게 말했다.

"알아요."

"바로 들어가. 이따 밤에 시간 나면 미리 전화하고 갈게."

"네."

민태 엄마가 소영의 어깨를 살그머니 어루만지고는 멀어져갔다. 소영은 민태 엄마를 돌아보고 싶었다. 돌아보고, 고맙다고 말하고, 그리고 엄마 대신 민태 엄마의 품에 꼬옥 안기고 싶었다. 그러나 그러지 말아야 한다고 스스로 타일렀다. 강해져야 했다. 더 강해져야 엄마를 에너지로 만들어 버린 그 암에 복수할 기회를 얻게 될 것이었다.

아파트단지 내 정원 길은 은행잎이 한창이었다. 여름 내내 애써 광합성 하여 만들어 낸 영양분을 열매를 위해 모두 바치느라 검푸르게 독이 올라 있었다. 그렇게 열매를 위해 다 빨려주고 나면 남는 것은 노랗게 변색해 땅에 떨어져 죽음으로써 후손의 거름이 되고,

그러고 나머지는 화학적 분해로 단조로운 정보를 가진 에너지에 지나지 않게 될 것이다. 엄마처럼!

"그런데!"

소영은 발걸음을 멈추었다. 그런데 한 가지 에너지와 다른, 빛과 다른 게 엄마에게 있었다. 그것은 아직 소영의 가슴에 뭉클하게 만져지는 정이라는 것이었다. 또 엄마의 말소리 하나하나가 머릿속에 존재하다가 바로 지금 다시 재생되고 있는 게 색달랐다. 그건 에너지하고는 달랐다. 그건 빛이 아니었다. 그건 오로지 인간에게만 주어진 특별한 것이었다. 누구는 그러겠지, 그런 것들도 따지고 보면 전기처럼 생성되는 물질일 뿐이며, 그 물질을 두고 '정'이라느니 '기억'이라느니 '감정'이라고 한다고. 그러나 그건 아니었다. 그건 아니어야 했다. 왜냐하면, 엄마와 소영은 인간이니까. 인간은 자연 일부지만 뭔가 달라서 그렇게 말하면 안 되었다.

엄마는 말했다. 사람의 일생 색깔이나 모양은 생각에서 출발한다고. 생각은 곧 행동을 낳고, 행동은 거듭할수록 습관이 되고, 습관은 성격이 되고, 그 성격이 그 사람의 삶의 색깔이며 모양이라고. 따라서 생각은 우주하고 통하고 있어 자기가 목적한 바를 이미지로 그려 놓고 그것을 늘 생각하면, 어느 날 그대로 되어 있는 자신을 발견하게 된다고.

"아, 그렇구나!"

소영은 외치듯 말하고는 문득 들은 사람이 있으면 이상한 아이로

비칠까 봐 주위를 둘러보았다. 아무도 없었다. 길가에 두 줄로 서서 지켜보는 은행나무만 눈에 들어왔다.

"그렇구나!"

소영은 다시 중얼거렸다. 엄마는 그렇게 말하지 않았지만 그게 바로 에너지였다. 우주는 에너지로 만들어졌으니까 생각도 에너지 일부분이다. 인간의 생각 에너지는 아주 보잘것없지만, 생각의 에너지를 강력하게 만들어 내뿜으면 그 생각의 에너지가 나비효과처럼 파문을 일으켜 마침내 큰 에너지로 자기에게 돌아온다는 것을 알 수 있었다.

엄마가 숙제를 내주고 힌트를 주었고, 이제 그 숙제를 푼 셈이었다. 이제 행동으로 옮기는 것만이 남아 있었다. 소영은 돌아섰다. 그리고 잰걸음으로 집에 돌아왔다.

소희가 붉게 충혈된 눈으로 들어서는 소영을 노려보더니 이내 눈길이 풀리며 양볼에 눈물 두 줄기를 주르륵 흘렸다.

"언니!"

소영이 소희의 손을 잡았다. 소희가 부르르 손을 떨었다.

"언니, 미안해!"

"아냐. 아냐. 더 걷고 들어오지."

"소망이는?"

"자. 방에서."

"안방?"

"응, 엄마 방에서."

잠시 생각에 잠기고 나서 소영이 나직하지만 힘이 실린 목소리로 말했다.

"엄마 방 아니야 이제. 안방이라고 해."

"소영아!"

소희가 빽 소리를 질렀다.

그러나 소영은 들은 척도 않고 제 방으로 들어가서는 문을 탕 소리가 나도록 닫았다. 소희는 어이없다는 얼굴로 방문을 바라보고 있다가 으흐흑 울음을 토했다. 울음소리가 터무니없이 커질 것 같아, 그래서 엄마 방에서, 아니 안방에서 자는 소망이 잠을 깨 마음의 상처를 입을까 봐 입을 틀어막고 쪼그려 앉았다. 그러고는 온몸의 피가 머리로 솟구치도록 힘을 다해 울음을 참아냈다.

그러고 있는데 어깨에 무언가가 얹히더니 이어 나직하게 소영의 목소리가 뒤통수를 울렸다.

"언니, 미안해!"

소영도 언니와 나란히 쪼그려 앉아 울었다. 이번에는 소희가 당황하며 소영을 끌어안았다.

"언니가 미안해."

"소영아, 우리 잘해 내자."

"그래, 언니."

고개를 든 소영의 얼굴은 눈물범벅이었다.

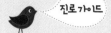

진로 로드맵
왜 설계해 봐야 할까요?

진로적성검사를 마쳤다면 자신의 적성검사 결과를 토대로 진로 로드맵을 짜 보면 앞으로 내가 꿈을 이루기 위해 무엇을 해야할지를 미리 감 잡을 수 있습니다.

길게는 초등학교에서부터 고등학교까지 적성 요인별로 어떻게 능력을 기를 것인지를 미리 설계하는 것이 실제로 목표를 이루는 데 도움이 됩니다. 이렇게 설계를 해 보면 자유학기제가 시행되는 때에 봉사활동이라던가 체험 활동을 구체적으로 짜, 더욱 알차게 자유학기제를 보낼 수 있는 바탕이 됩니다.

여기에서는 주인공 세 명의 진로 로드맵을 통해 의사, 작가, 경찰이 되기 위해서는 무엇을 해야 하는지를 살펴볼 수 있습니다. 여러분도 이 진로 로드맵을 바탕으로 각자에게 맞게 설계해 보기 바랍니다.

혜란의 진로 로드맵 – 작가

1단계: 대학진학까지의 과정 – 초등학교

적성 요인	평가항목	초등학교		
		1~2학년	3~4학년	5~6학년
인성함양	글로벌	작가가 되기 위해 글로벌 감각이 필요한 것은 아니지만 장르의 다양화를 위해서 세계 각국을 여행하여 문화 체험을 하고 견식을 넓히는 것은 도움이 될 수 있음. 로체원정대, 청소년 해외테마체험단 등과 같은 해외 탐방 프로그램을 추천하며, 글로벌 자원봉사 활동을 통한 장기적 해외 탐방도 적극 추천함.		
		–	영어 캠프/체험학습	해외문화체험
	리더십	리더십이 중요 덕목은 아니지만 관계는 관점을 형성하고, 관점이 곧 작가의 메시지가 되므로 다양한 관계를 형성하는 것은 매우 중요한 덕목임. 다양한 리더십 활동을 통해 여러 사람과의 관계를 맺으며 인간 내면에 대한 이해를 높일 것을 추천함.		
		학급임원	리더십캠프	자아/인성 계발 캠프
	봉사활동	봉사활동을 통해 만나게 되는 사람들을 통해서 많은 사건, 이야기 등을 체험할 수 있으므로 다양한 봉사활동에 참가할 것을 적극 추천하며, 봉사활동과 더불어 봉사활동 기록 일지를 작성할 것을 추천함.		
		가족단위 자원봉사	–	VMS 사회복지 봉사활동
능력배양	자격/어학	작가로서 한글과 조국에 대한 이해는 필수이므로 한국어 능력시험, 한국사 능력시험을 적극 추천하며, 문맥, 어휘에 대한 이해를 높이기 위해 한자능력시험도 추천함.		
			한자능력시험	외국어Tosel(INTER)인터3급
	경시/공모	작가의 핵심역량은 글쓰기이므로 글쓰기/독서감상문 공모 대회와 문학상 공모전에 적극적으로 참가할 것을 추천하며, 사진 공모전에 참가하는 것도 도움이 될 수 있음. 철학 올림피아드를 통해 작가로서의 이론적 바탕을 강화하는 것도 추천함.		
		–	–	글쓰기/독서감상문 공모전_초
흥미고취	캠프/체험/탐방	독서 토론회 활동을 적극 추천하며, 시/수필/소설 등 분야를 막론하고 독서량을 풍부히 하는 것이 좋음. 자작 글/시/소설을 서로 공유하고 서로 평가해 주는 인터넷 사이트를 활용하고, 대입 전에 자신의 창작물로 출판사와 계약을 하는 것이 도움이 됨.		
		–	독서 동아리 토론회 활동	역사 캠프/체험학습
	독서	독서는 작가가 되기 위한 기초이자 최선의 방법임. 다양한 장르의 책을 섭렵하되, 개인의 취향과 흥미에 맞는 책을 직접 고를 수 있도록 배려하여 개인의 의지로 독서를 이어갈 수 있도록 하는 것을 추천함.		
		국어 추천도서	작가 추천도서	–
기타	취미활동	스트레스가 많은 직업이므로 건강한 육체와 정신을 위해 조깅, 요가 등을 비롯하여 가벼운 운동을 취미로 가질 것을 추천함.		

2단계: 대학진학까지의 과정 - 중학교

적성 요인	평가항목	중학교		
		1학년	2학년	3학년
인성함양	글로벌	작가가 되기 위해 글로벌 감각이 필요한 것은 아니지만 장르의 다양화를 위해서 세계 각국을 여행하여 문화 체험을 하고 견식을 넓히는 것은 도움이 될 수 있음. 로체 원정대, 청소년 해외테마체험단 등과 같은 해외 탐방 프로그램을 추천하며, 글로벌 자원봉사 활동을 통한 장기적 해외 탐방도 적극 추천함.		
		글로벌리더 해외캠프/체험	영어 채팅	
	리더십	리더십이 중요 덕목은 아니지만 관계는 관점을 형성하고, 관점이 곧 작가의 메시지가 되므로 다양한 관계를 형성하는 것은 매우 중요한 덕목임. 다양한 리더십 활동을 통해 여러 사람과의 관계를 맺어 인간 내면에 대한 이해를 높일 것을 추천함.		
		학급/동아리/ 청소년운영위	리더십캠프	취미활동/동아리
	봉사활동	봉사활동을 통해 만나게 되는 사람들을 통해서 많은 사건, 이야기 등을 체험할 수 있으므로 다양한 봉사활동에 참가할 것을 적극 추천하며, 봉사활동과 더불어 봉사활동 기록일지를 작성할 것을 추천함.		
		자원봉사	장애인 체험 봉사활동	자원봉사 캠프
능력배양	자격/어학	작가로서 한글과 조국에 대한 이해는 필수적이므로 한국어 능력시험, 한국사 능력시험을 적극 추천하며, 문맥, 어휘에 대한 이해를 높이기 위해 한자능력시험도 추천함.		
		한국어 능력시험	비판적 사고 인증능력시험	외국어Tosel(ADV) 700점대
	경시/공모	작가의 핵심역량은 글쓰기이므로 글쓰기/독서감상문 공모대회와 문학상 공모전에 적극적으로 참가할 것을 추천하며, 사진 공모전에 참가하는 것도 도움이 될 수 있음. 철학 올림피아드를 통해 작가로서의 이론적 바탕을 강화하는 것도 추천함.		
		철학 올림피아드	글쓰기/독서감상문 공모전	-
흥미고취	캠프/체험/탐방	독서 토론회 활동을 적극 추천하며, 시/수필/소설 등 분야를 막론하고 독서량을 풍부히 하는 것이 좋음. 자작 글/시/소설을 서로 공유하고 서로 평가해 주는 인터넷 사이트를 활용하고, 대입 전에 자신의 창작물을 출판사와 계약을 하는 것이 도움이 됨.		
		-	지구 환경 캠프/체험학습	-
	독서	독서는 작가가 되기 위한 기초이자 최선의 방법임. 다양한 장르의 책을 섭렵하되, 개인의 취향과 흥미에 맞는 책을 직접 고를 수 있도록 배려하여 개인의 의지로 독서를 이어갈 수 있도록 하는 것을 추천함.		
		권장도서	권장도서	권장도서
		인문계열_문학	인문계열_인문	사회계열_사회
기타	취미활동	스트레스가 많은 직업이므로 건강한 육체와 정신을 위해 조깅, 요가 등을 비롯하여 가벼운 운동을 취미로 가질 것을 추천함.		
		-	여행 및 여행기 작성	-

3단계: 대학진학까지의 과정 – 고등학교

적성 요인	평가항목	고등학교		
		1학년	2학년	3학년
인성함양	글로벌	작가가 되기 위해 글로벌 감각이 필요한 것은 아니지만 장르의 다양화를 위해서 세계 각국을 여행하여 문화 체험을 하고 견식을 넓히는 것은 도움이 될 수 있음. 로체원정대, 청소년 해외테마체험단 등과 같은 해외 탐방 프로그램을 추천하며, 글로벌 자원봉사 활동을 통한 장기적 해외 탐방도 적극 추천함.		
		글로벌 자원봉사	글로벌 리더 해외캠프/체험	–
	리더십	리더십이 중요 덕목은 아니지만 관계는 관점을 형성하고, 관점이 곧 작가의 메시지가 되므로 다양한 관계를 형성하는 것은 매우 중요한 덕목임. 다양한 리더십 활동을 통해 여러 사람과의 관계를 맺어 인간 내면에 대한 이해를 높일 것을 추천함.		
		–	–	–
	봉사활동	봉사활동을 통해 만나게 되는 사람들을 통해서 많은 사건, 이야기 등을 체험할 수 있으므로 다양한 봉사활동에 참가할 것을 적극 추천하며, 봉사활동과 더불어 봉사활동 기록 일지를 작성할 것을 추천함.		
		편지쓰기/번역 자원봉사	자원봉사 대회	–
능력배양	자격/어학	작가로서 한글과 조국에 대한 이해는 필수적이므로 한국어 능력시험, 한국사 능력시험을 적극 추천하며, 문맥, 어휘에 대한 이해를 높이기 위해 한자능력시험도 추천함.		
		한국어 능력시험	–	–
	경시/공모	작가의 핵심역량은 글쓰기이므로 글쓰기/독서감상문 공모대회와 문학상 공모전에 적극적으로 참가할 것을 추천하며, 사진 공모전에 참가하는 것도 도움이 될 수 있음. 철학 올림피아드를 통해 작가로서의 이론적 바탕을 강화하는 것도 추천함.		
		독서/논술 경시/공모	글쓰기/독서감상문 공모전	
흥미고취	캠프/체험/탐방	독서 토론회 활동을 적극 추천하며, 시/수필/소설 등 분야를 막론하고 독서량을 풍부히 하는 것이 좋음. 자작 글/시/소설을 서로 공유하고 서로 평가해 주는 인터넷 사이트를 활용하고, 대입 전에 자신의 창작물로 출판사와 계약을 하는 것이 도움이 됨.		
		서울종합예술학교 프로그램	한국예술종합학교 프로그램	–
	독서	독서는 작가가 되기 위한 기초이자 최선의 방법임. 다양한 장르의 책을 섭렵하되, 개인의 취향과 흥미에 맞는 책을 직접 고를 수 있도록 배려하여 개인의 의지로 독서를 이어갈 수 있도록 하는 것을 추천함.		
		권장도서	권장도서	–
		인문계열 문학	사회계열 사회	–
기타	취미활동	스트레스가 많은 작업이므로 건강한 육체와 정신을 위해 조깅, 요가 등을 비롯하여 가벼운 운동을 취미로 가질 것을 추천함.		

소영의 진로 로드맵 – 의사

1단계: 대학진학까지의 과정 – 초등학교

적성 요인	평가항목	초등학교		
		1~2학년	3~4학년	5~6학년
인성함양	글로벌	의료 분야에 종사하기 위한 기초 능력으로 국제감각이 필수적인것은 아니나 의대라는 엘리트 코스로 진학하기 위하여 필수적인 글로벌 활동이 이행되는 것이 필요함. 기초적인 어학캠프활동이나 문화체험활동 등을 통해 다양한 경험을 시켜 주는 것이 필요.		
			영어 캠프/체험학습	해외문화체험
	리더십	의사로서 후배에게 또는 환자에게 믿음과 존경을 심어 주기 위한 리더십 기르기는 중요하며 어린시절부터 학급 임원을 통해 리더의 경험을 갖는 것이 필요. 또한 리더로서의 기본 소양을 키우기 위해 인성계발 캠프 등에 참여해 보는 것을 권함.		
		학급 임원	리더십캠프	자아/인성 계발 캠프
	봉사활동	봉사활동은 대학병원 및 공공보건소와 같은 의료기관 또는 적십자사, 요양원과 같은 의료복지기관에서 현장 활동을 하는 것이 추천됨. 고등학교 시기에는 방학에 국경없는 의사회, 기아대책본부, 한국국제협력단 등과 같은 의료관련 국제기구 중 해외에서 의미있는 봉사활동을 함으로써 흥미를 고취시킬 수 있음.		
		–	–	외국어 Tosel(INTER)인터3급
능력배양	경시/공모	의대입시에서 수학 및 과학 경시대회 입상 여부가 도움이 되므로 초등학교 때부터 준비하여 중학교 이후 시·도대회급 경시대회에서 입상 실적을 쌓는 것이 필요함. 중학교 때 의료관련된 수필집 또는 고등학교에서 전문 분야에 대한 논문, 페이퍼 작성 등의 활동을 생각해 볼 수 있음.		
			수학 경시대회	과학 경시대회
흥미고취	캠프/체험/탐방	견학활동은 국내 대형병원에서 정기적으로 실시하는 병원 견학 프로그램을 초등학교 저학년 시기에 경험하는 것을 추천함.		
		직업 체험학습 프로그램	–	과학 캠프/체험
	독서	초등 저학년 시기에 슈바이처, 나이팅게일 등 역사적으로 존경받는 의료인에 대한 위인전을 독서하게 하여 스스로 사명감과 롤모델을 갖게 하는 것이 중요함.		
			의학 추천도서	생명과학 추천도서
기타	취미활동	의사들은 대부분 장시간의 환자 진찰 또는 고도의 집중력을 요구하는 수술을 집도하게 되므로 가능한 한 초등학교 시절부터 체력과 집중력을 기를 수 있는 스포츠 활동과 과중한 스트레스를 풀 수 있는 악기 연주, 음악감상 등의 취미활동을 권장함.		
		–	악기 연주 학습	
	기타활동	의사의 경우 화학, 생물, 물리 등 이과계열 과목의 성적 및 연구 활동이 매우 중요함. 따라서 중학교 시기에는 기본 의료봉사 동아리 활동이 권장되며 고등학교 시기에는 화학 또는 생물 등 이과계열 과목의 동아리에서 실질적인 연구 경험을 쌓아 놓는 것이 필요함. 개인 심화 활동으로는 동아리 및 각종 심화 캠프 등에 참여하여 연구한 주제에 대해 소논문(Paper)을 작성하거나 관찰일기 등을 작성하는 것을 추천함.		
		–	–	의학전문지 스크랩

2단계: 대학진학까지의 과정 - 중학교

적성 요인	평가항목	중학교		
		1학년	2학년	3학년
인성함양	글로벌	최근 의사들의 해외진출이 활발하여 USMLE(미국의사 자격시험)등 시험도 많이 보는 추세. 또한 대한 민국의 위상 격상으로 국제구호활동 등의 참여도 많아지고 있음. 영어 구사 능력을 비롯하여 국제감각을 익히는 것이 이러한 추세 또한 의학전문대학원의 주요 준비사항이 되고 있으므로 글로벌 봉사나 글로벌 리더십 캠프 등 참여를 권장.		
		글로벌 자원봉사	글로벌 리더 해외캠프/체험	–
	리더십	의대 진학을 위해서는 비교과 활동뿐 아니라 성적의 절대 수준을 올리는 것이 중요하므로 필요시 1,2학년때 특별활동을 집중적으로 이수하여 끝내는 편이 좋음.		
		국토대장정/해병대캠프	–	–
	봉사활동	봉사활동은 대학병원 및 공공보건소와 같은 의료기관 또는 적십자사, 요양원과 같은 의료복지기관에서 현장활동을 하는 것이 추천됨. 고등학교 시기에는 방학에 국경없는의사회, 기아대책본부, 한국국제협력단 등과 같은 의료관련 국제기구 중 해외에서 의미있는 봉사활동을 함으로써 흥미를 고취시킬 수 있음.		
		의료 자원봉사	자원봉사 대회	–
능력배양	자격/어학	의대 및 의학전문대학의 경우 영어 인증 점수가 필요하므로 중학교 때부터 영어관련 시험에서 최상위 성적을 유지하는 것이 필요함. 또 CPR(심폐소생술, 응급처치 등) 등 자격증 프로그램을 이수함으로써 관련 지식을 습득할 수 있으므로 적극권장함.		
		–	외국어Tosel(ADV) 800점대	–
	경시/공모	의대 입시에서 수학 및 과학 경시대회 입상 여부가 도움이 되므로 초등학교 때부터 준비하여 중학교 이후 시도대회급 경시대회에서 입상 실적을 쌓는 것이 필요함. 중학교 때 의료 관련 수필집 또는 고등학교에서 전문분야에 대한 논문, 페이퍼 작성 등의 활동을 생각해 볼 수 있음.		
		창의력 경시/공모/대회	과학발명품 공모전	
흥미고취	캠프/체험/탐방	탐방활동은 의료기관뿐 아니라 광혜원과 같은 의료관련 유적지와 삼성 암연구소와 같은 전문기관에 대한 탐방을 고학년시기에 하는 것이 바람직함. 의학계열에서 필요로 하는 지식부문인 의료/생명/생물/화학과 관련된 체험활동 및 캠프를 추천함. 서울대, KAIST, 연고대 등 국내 주요대학 및 교육부에서 주최하는 이과계열 심화캠프에 참석하는 것이 추천됨.		
		의과대학 견학/탐방		과학 캠프/체험
	독서	중고등학교 이후부터는 BBC, 내셔널 지오그래픽 등에서 의학, 생명과 관련된 수준 높은 다큐멘터리를 시청하고 교양과학 및 의학도서를 추천하여 의학에 대한 관심과 전문지식을 동시에 습득하는 방안이 추천됨.		
		권장도서 의학계열_의학	권장도서 의학계열_의학	권장도서 인문계열_논술
		로빈쿡 의학 소설	의학 추천도서	의학 전문지
기타	취미활동	의사들은 대부분 장시간의 환자 진찰 또는 고도의 집중력을 요구하는 수술을 집도하게 되므로 가능한 한 초등학교 시절부터 체력과 집중력을 기를 수 있는 스포츠 활동과 과중한 스트레스를 풀 수 있는 악기 연주, 음악감상 등의 취미활동을 권장함.		
	기타활동	의사의 경우 화학, 생물, 물리 등 이과계열 과목의 성적 및 연구 활동이 매우 중요함. 따라서 중학교 시기에는 기본 의료봉사 동아리 활동이 권장되며 고등학교 시기에는 화학 또는 생물 등 이과계열 과목의 동아리에서 실질적인 연구 경험을 쌓아 놓는 것이 필요함. 개인 심화 활동으로는 동아리 및 각종 심화 캠프 등에 참여하여 연구한 주제에 대해 소논문(Paper)을 작성하거나 관찰일기 등을 작성하는 것을 추천함.		

3단계: 대학진학까지의 과정 – 고등학교

적성 요인	평가항목	고등학교		
		1학년	2학년	3학년
인성함양	글로벌	최근 의사들의 해외진출이 활발하여 USMLE(미국의사 자격시험)등 시험도 많이 보는 추세. 또한 대한민국의 위상 격상으로 국제구호활동 등의 참여도 많아지고 있음. 영어 구사 능력을 비롯하여 국제감각을 익히는 것이 이러한 추세와 또한 의학전문대학원의 주요 준비사항이 되고 있으므로 글로벌 봉사나 글로벌 리더십 캠프 등 참여를 권장.		
		글로벌자원봉사	글로벌리더 해외캠프/체험	–
	리더십	의대 진학을 위해서는 비교과 활동뿐 아니라 성적의 절대 수준을 올리는 것이 중요하므로 필요시 1, 2학년때 특별활동을 집중적으로 이수하여 끝내는 편이 좋음.		
		국토대장정/해병대캠프	–	–
	봉사활동	봉사활동은 대학병원 및 공공보건소와 같은 의료기관 또는 적십자사, 요양원과 같은 의료복지기관에서 현장활동을 하는 것이 추천됨. 고등학교 시기에는 방학에 국경없는의사회, 기아대책본부, 한국국제협력단 등과 같은 의료관련 국제기구 중 해외에서 의미있는 봉사활동을 함으로써 흥미를 고취시킬 수 있음.		
		의료 자원봉사	자원봉사 대회	–
능력배양	자격/어학	의대 및 의학전문대학의 경우 영어 인증 점수가 필요하므로 중학교 때부터 영어관련 시험에서 최상위 성적을 유지하는 것이 필요함. 또 CPR(심폐소생술, 응급처치 등) 등 자격증 프로그램을 이수함으로써 관련 지식을 습득할 수 있으므로 적극권장함.		
		–	외국어Tosel(ADV) 800점대	–
	경시/공모	의대 입시에서 수학 및 과학 경시대회 입상 여부가 도움이 되므로 초등학교 때부터 준비하여 중학교 이후 시도대회급 경시대회에서 입상 실적을 쌓는 것이 필요함. 중학교 때 의료 관련 수필집 또는 고등학교에서 전문분야에 대한 논문, 페이퍼 작성 등의 활동을 생각해 볼 수 있음.		
		창의력 경시/공모/대회	과학발명품 공모전	
흥미고취	캠프/체험/탐방	의학계열에서 필요로 하는 지식부문인 의료/생명/생물/화학과 관련된 체험활동 및 캠프를 추천함. 서울대, KAIST, 연고대등 국내 주요대학 및 교육부에서 주최하는 이과계열 심화캠프에 참석하는 것이 추천됨.		
		의과대학 견학/탐방	과학 캠프/체험	
	독서	중고등학교 이후부터는 BBC, 내셔널 지오그래픽 등에서 의학, 생명과 관련된 수준 높은 다큐멘터리를 시청하고 교양과학 및 의학도서를 추천하여 의학에 대한 관심과 전문지식을 동시에 습득하는 방안이 추천됨.		
		권장도서 의학계열_의학	권장도서 의학계열_의학	권장도서 인문계열_논술
		로빈쿡 의학 소설	의학 추천도서	의학 전문지
기타	취미활동	의사들은 대부분 장시간의 환자 진찰 또는 고도의 집중력을 요구하는 수술을 집도하게 되므로 가능한 한 초등학교 시절부터 체력과 집중력을 기를 수 있는 스포츠 활동과 과중한 스트레스를 풀 수 있는 악기 연주, 음악감상 등의 취미활동을 권장함.		
	기타활동	의사의 경우 화학, 생물, 물리 등 이과계열 과목의 성적 및 연구 활동이 매우 중요함. 따라서 중학교 시기에는 기본 의료봉사 동아리 활동이 권장되며 고등학교 시기에는 화학 또는 생물 등 이과계열 과목의 동아리에서 실질적인 연구 경험을 쌓아 놓는 것이 필요함. 개인 심화 활동으로는 동아리 및 각종 심화 캠프 등에 참여하여 연구한 주제에 대해 소논문(Paper)을 작성하거나 관찰일기 등을 작성하는 것을 추천함.		

민태의 진로 로드맵 – 경찰공무원

1단계: 대학진학까지의 과정 – 초등학교

적성 요인	평가항목	초등학교		
		1~2학년	3~4학년	5~6학년
인성함양	글로벌	경찰 내 특정 부서를 제외하고는 글로벌 역량과는 크게 관계 없음. 다만 경찰공무원 시험에 영어 응시 영역이 있으므로 영어를 친근하게 접할 수 있는 활동 영역 추천.		
		–	영어 캠프/체험학습	해외 문화 체험
	리더십	올바른 판단력을 바탕으로, 조직을 이끌어 가는 리더십이 요구됨. 크고 작게 조직을 이끌어 가는 경험을 쌓음으로써(학급 임원, 써클장 등) 봉사하는 리더십, 효과적으로 구성원을 인솔하는 능력을 쌓을 수 있음.		
		학급 임원	리더십 캠프	자아/인성 계발 캠프
	봉사활동	국민의 이익을 위해 일할 수 있는 봉사자세가 있어야 하기 때문에 다양한 분야에서의 봉사활동을 적극해 보길 추천. 특히 고학년 때는 봉사활동을 통해 공권력의 필요성을 느낄수 있는 장소에서 봉사활동 하는 것을 추천함. 경찰서, 여성폭력상담센터, 쉼터 등이 있음		
		가족단위 자원봉사	–	VMS 사회복지 봉사활동
능력배양	자격/어학		격투기 학원 등록	외국어 Tosel(INTER)인터3급
	경시/공모	경찰청에서 주최하는 아이디어 공모전 등이 있음.		
흥미고취	캠프/체험/탐방	경찰 공무원 업무가 어떻게 이루어지는지, 법이 집행되고 행해지는 장소 등을 견학하는 것이 추천됨. 동사무소, 경찰서, 교도소(서대문형무소) 등을 견학할 수 있음.		
		–	키자니아 직업 체험학습	경찰서 탐방
	독서	지속적인 역사서 탐독 및 역사 관련 콘텐츠 수용으로 한국사 능력 배양이 적극 권장됨. 어린이 신문, 신문사 사회 분야 탐독으로 타인의 생명과 재산권을 중요시하는 마음을 배양할 수 있음.		
		국어 추천도서	경찰 추천도서	
	취미활동	신체 및 체력 검정을 위해 어렸을 때 부터 체력을 길러 놓는 것이 필요함. 합기도, 유도, 태권도, 검도 등의 무도 활동을 적극 권장함. 해양경찰의 경우 잠수 능력이 요구됨으로 수영 활동이 권장됨.		
		태권도	–	–
기타	기타활동	해병대 캠프, 병영체험, 서울시 꾸러기세상, 각 행정부 어린이 홈페이지 정기구독, 행정안전부 견학, 어린이 법제관 제도를 통하여 저학년 부터 행정 시스템을 경험할 수 있음.		

2단계: 대학진학까지의 과정 – 중학교

적성 요인	평가항목	중학교		
		1학년	2학년	3학년
인성함양	글로벌	경찰 내 특정 부서를 제외하고는 글로벌 역량과는 크게 관계 없음. 다만 경찰공무원 시험에 영어 응시 영역이 있으므로 영어를 친근하게 접할 수 있는 활동 영역 추천.		
		–	영어 채팅	–
	리더십	올바른 판단력을 바탕으로, 조직을 이끌어 가는 리더십이 요구됨. 크고 작게 조직을 이끌어 가는 경험을 쌓음으로써(학급 임원, 써클장 등) 봉사하는 리더십, 효과적으로 구성원을 인솔하는 능력을 쌓을 수 있음.		
		학급/동아리/ 청소년운영위	리더십 캠프	취미활동/동아리
	봉사활동	국민의 이익을 위해 일할 수 있는 봉사자세가 있어야 하기 때문에 다양한 분야에서의 봉사활동을 적극해 보길 추천. 특히 고학년 때는 봉사활동을 통해 공권력의 필요성을 느낄수 있는 장소에서 봉사활동 하는 것을 추천함. 경찰서, 여성폭력상담센터, 쉼터 등이 있음.		
		자원봉사	장애인 체험 봉사활동	자원봉사 캠프
능력배양	자격/어학	격투기 단증 취득	외국어Tosel(ADV) 700점대	컴퓨터 자격시험
	경시/공모	경찰청에서 주최하는 아이디어 공모전 등이 있음. 격투기 대회 출전.		
흥미고취	캠프/체험/탐방	경찰 공무원 업무가 어떻게 이루어지는지, 법이 집행되고 행해지는 장소 등을 견학하는 것이 추천됨. 동사무소, 경찰서, 교도소(서대문형무소) 등을 견학할 수 있음.		
		교내 선도부 활동	국토대장정/해병대캠프	–
	독서	지속적인 역사서 탐독 및 역사관련 콘텐츠 수용으로 한국사 능력 배양이 적극 권장됨. 어린이 신문, 신문사 사회분야 탐독으로 타인의 생명과 재산권을 중요시하는 마음을 배양할 수 있음.		
		권장도서	권장도서	권장도서
		인문계열_인문	인문계열_논술	사회계열_사회
		–	–	법학 추천도서
	취미활동	신체 및 체력검정을 위해 어렸을 때부터 체력을 길러놓는 것이 필요함. 합기도, 유도, 태권도, 검도 등의 무도 활동을 적극 권장함. 해양경찰의 경우 잠수능력이 요구됨으로 수영활동이 권장됨.		
		–	합기도	–
기타	기타활동	해병대 캠프, 병영체험, 서울시 꾸러기세상, 각 행정부 어린이 홈페이지 정기구독, 행정안전부 견학, 어린이 법제관 제도를 통하여 저학년부터 행정 시스템을 경험할 수 있음.		

3단계: 대학진학까지의 과정 – 고등학교

적성 요인	평가항목	고등학교		
		1학년	2학년	3학년
인성함양	글로벌	경찰 내 특정 부서를 제외하고는 글로벌 역량과는 크게 관계 없음. 다만 경찰공무원 시험에 영어 응시 영역이 있으므로 영어를 친근하게 접할 수 있는 활동 영역 추천.		
		글로벌자원봉사	–	–
	리더십	올바른 판단력을 바탕으로, 조직을 이끌어 가는 리더십이 요구됨. 크고 작게 조직을 이끌어 가는 경험을 쌓음으로써(학급 임원, 써클장 등) 봉사하는 리더십, 효과적으로 구성원을 인솔하는 능력을 쌓을 수 있음.		
		국토대장정/ 해병대캠프	–	–
	봉사활동	국민의 이익을 위해 일할 수 있는 봉사자세가 있어야 하기 때문에 다양한 분야에서의 봉사활동을 적극해 보길 추천. 특히 고학년 때는 봉사활동을 통해 공권력의 필요성을 느낄수 있는 장소에서 봉사활동 하는 것을 추천함. 경찰서, 여성폭력상담센터, 쉼터 등이 있음.		
		–	자원봉사 대회	–
능력배양	자격/어학	한국어 능력시험	–	–
	경시/공모	경찰청에서 주최하는 아이디어 공모전 등이 있음.		
흥미고취	캠프/체험/탐방	경찰 공무원 업무가 어떻게 이루어지는지, 법이 집행되고 행해지는 장소 등을 견학하는 것이 추천됨. 동사무소, 경찰서, 교도소(서대문형무소) 등을 견학할 수 있음.		
		스카우트 활동	–	–
	독서	지속적인 역사서 탐독 및 역사관련 콘텐츠 수용으로 한국사 능력 배양이 적극 권장됨. 어린이 신문, 신문사 사회분야 탐독으로 타인의 생명과 재산권을 중요시하는 마음을 배양할 수 있음.		
		권장도서 사회계열_심리	권장도서 법학계열_법학	– –
		경찰 추천도서		
	취미활동	신체 및 체력검정을 위해 어렸을 때부터 체력을 길러놓는 것이 필요함. 합기도, 유도, 태권도, 검도 등의 무도 활동을 적극 권장함. 해양경찰의 경우 잠수능력이 요구됨으로 수영활동이 권장됨.		
		검도	–	–
기타	기타활동	해병대 캠프, 병영체험, 서울시 꾸러기세상, 각 행정부 어린이 홈페이지 정기구독, 행정안전부 견학, 어린이 법제관 제도를 통하여 저학년부터 행정 시스템을 경험할 수 있음.		

나는 나를 믿어

의사가 되는 길

방에 들어온 소영은 문부터 걸어 잠갔다. 소망이 먼저 와서 문을 열려다가 열리지 않자 두드렸다. 문 두드림 소리는 갈수록 커졌다. 나중에는 덜컹덜컹 잡아 흔들며 연신 소리쳤다.

"언니, 소영이 언니, 문 열어! 문 열어!"

그러나 소영은 책상 앞에 앉아 하던 일을 계속했다. 지금 막 상상력이 흘러넘쳐 상상에 푹 빠져 있었다.

소망은 끝내 울음을 토했다. 그러자 쉬고 있던 소희가 와서 소망을 달래고는 소영에게 조심스레 말을 걸었다.

"바빠?"

"응."

소영은 거의 무의식중에 대꾸했다.

"무슨 일인데?"

"그럴 일이 있어."

"그래, 알았어. 이따 저녁 먹을 때는 나오겠지?"

"응."

소영은 마침내 일을 끝냈다. 그림이 맘에 들지 않지만, 그런대로 봐줄 만했다. 인터넷을 검색해 그 장면을 찾을까 하다가 되레 상상력을 해칠 것 같아 순수한 상상력으로만 그렸다.

석 장을 그렸다. 한 장은 스웨덴 노벨상 시상식장에서 노벨상을 받는 장면이었다. 백발의 배불뚝이 서양인이 투피스 정장 차림의 40대 소영에게 상장과 트로피를 건네는 장면이었다. 연단에는 심사위원이 있었고 앞에는 방청객이 일제히 손뼉 치고 있었다.

다른 한 장은 기자들과 인터뷰하는 장면이었다. 카메라가 회견장을 꽉 채웠고, 그 앞에서 40대 중년의 소영이 인터뷰에 응하고 있었다. 그 위에는 말풍선까지 만들어 놓고 그 안에 이렇게 썼다.

오늘이 있게 한 분은 암으로 돌아가신 우리 엄마입니다.

그리고 나머지 한 장은 아침마당에 초청받아서 토크쇼를 진행하는 장면이었다. 앞에는 머리가 희끗희끗한 아빠와 중년의 소희, 소망이가 있었다. 석 장의 그림을 책상 위에 있는 책꽂이에 압정으로 붙였다. 그러고는 눈을 감고 자신을 그날로 몰아갔다. 처음에는 그날 자신의 모습이 선명하게 그려지지 않았다. 연구실에서 논문을 쓰고 실험실에서 실험하는 자신을 억지로 그리려다 보면 어느 사이 평범한 중년 부인, 엄마와 같은 여자가 나타나 흰 가운을 입고 임상시험에 몰두하는 자신을 덮어 버렸다. 시인과 소설가를 꿈꾸었던 엄마였지만 제대로 된 시집 한 권 내지 못하고 에너지화되고 말았다. 유방암이 발견되고 나서야 엄마는 시를 쓴다며 평생교육원 문예창작과에 등록했고, 치료를 받으며 글을 썼다.

엄마가 진정으로 작가가 되고 싶었다면 기회는 얼마든지 만들 수 있었다. 중고등학교 때 백일장에서 자주 장원을 했다고 했다. 그리하여 고3 때는 담임선생님이 문예창작과를 지원하라고 했단다. 가정 형편이 어려우면 2년제 전문대를 지원하고 나서 아르바이트를 하면서 졸업할 수 있다고 했다. 그러나 엄마는 가정 형편이 좋지 않아 중소기업에 취직했고, 월급쟁이로 나섰다.

그 후 늦게 대학을 다녔고, 그러다 소영의 아빠를 만났다. 그리고 결혼, 가정주부의 틀을 벗어나지 못했다. 엄마는 그렇게밖에 살 수 없었을까? 그건 아니었다. 엄마는 많은 시간을 텔레비전 시청에 보냈다. 그 시간의 반만 투자하여 책을 읽고 글을 쓰고 문예창작 학교에 다니거나 평생교육원에 나가서 선의의 경쟁 상대를 만나 자극을 받으며 글을 썼다면 그렇게 자신의 살아온 과정을 후회하지는 않았으리라.

문득 소영은 학교에 재능기부자로 와서 강의했던 곰 선생의 말을 떠올렸다. 지금은 같은 학년 혜련이의 멘토 작가이다. 그날 강의에서 곰 선생은 말했다.

"바닷가에 가면 알맹이 없는 죽은 조개껍데기가 있습니다. 이것들을 잘 살펴보면 껍질에 조그마한 구멍이 나 있는데 우렁쉥이 때문에 생긴 것입니다.

우렁쉥이는 조개를 잡아먹고 삽니다. 일단 조개에 붙으면 조개껍데기에 작은 구멍을 만들고는 안에 있는 내장과 살을 조금씩 녹여 먹습니다. 조개는 서서히 죽어가고요. 우렁쉥이는 조개가 죽고 나면 다시 다른 조개를 찾아 떠나지요.

나에게 붙어서 나의 영혼과 몸을 조금씩 녹여 먹어 마침내 나를 쓸모없는 사람으로 만들고, 죽음에 이르게 하는 우렁쉥이가 있는지 우리는 늘 살피고 되돌아보는 습관을 길러야 합니다. 여러분의 경우에는 지나친 텔레비전 시청이 그렇고, 게임 중독이 그렇고 수시로 들여다보는 스마트폰이 그렇고, 또한 게으름이 바로 우렁쉥이처럼 붙어서 여러분의 몸과 영혼을 빨아먹고 있다고 봐야 합니다."

소영은 주먹을 불끈 쥐면서 엄마의 얼굴을 다시 그려보았다.

바로 그거였다. 엄마는 엄마에게 붙은 우렁쉥이를 떼어내지 못했다. 엄마가 진정으로 작가를 꿈꿨다면, 엄마에게 붙은 우렁쉥이를 떼어내야 했다. 아이들을 기를 때는 바빠서 그렇다 치더라도, 몇 년 전부터는 시간이 있었으므로 습작만 열심히 했더라면 시집 한 권이라도 이 세상에 남길 수 있었을 것이다. 그랬다면 자식들은 엄마를 더욱 존경하고, 틈날 때마다 엄마의 책을 읽어 영혼의 색깔과 모양을 공유하고 공감할 수 있지 않았을까?

그런데 막장 드라마 시청과 동네 아줌마들과 수다 떠느라 시간을 대부분 써 버렸다. 문득, 소영은 부르르 몸을 떨었다. 지금 비판하고 있는 대상은 바로 소영의 엄마였다. 다시는 볼 수 없다. 엄마를 그렇게 비판하면 안 되지 않는가. 우리 엄마니까!

"엄마!"

소영이 나직하게 불렀다. 그러자 콧등이 시큰하며 울음이 터지려고 했다.

"그건 아니야!"

소영은 두 주먹을 불끈 쥐고 벌떡 일어섰다. 그러고는 엄마의 얼굴을 떠올리며 말했다.

"내가 대신 해 낼게 엄마. 그것도 아주 큰 걸로! 지켜봐 줘 엄마!"

소영은 벅차오르는 슬픔이 두려워 소영은 다른 일에 몰두하겠다고 생각했다. 무엇이 있을까? 라는 생각에 이르자 '기타'가 떠올랐다.

소영은 주방으로 나왔다. 보리차 한 컵을 마시고 나서 방으로 갔다. 엄마가 치던 기타가 케이스 속에 들어있었다. 그러고 보니 엄마는 기타 연주곡 듣기를 좋아했다. 어떤 악기보다도 기타를 좋아했다. 엄마가 자주 들었던 기타 연주곡은 이제 다 외우고 있을 정도였다. 〈로망스〉, 〈알함브라 궁전의 추억〉, 〈숲 속의 꿈〉, 〈판타지아 오리지널〉 등등. 엄마는 음색이 파르르 떨리는 듯한 트로몰로 주법 연주를 좋아했다. 하지만 어느 날부턴가 아예 연습을 포

기하고 듣기만 했다. 그렇게 이것저것 마무리 지은 것 없이 지내다 홀쩍 하늘나라로 가 버렸다!

소영은 그렇게는 살고 싶지 않았다! 그러기 위해 목표를 분명히 정하고 성급하게 꾸준히, 쉼 없이 가겠다고 스스로 단단히 다짐했었다. 그런 생각에 잠기며 방에서 나오던 소영은 문득 걸음을 세우고 중얼거렸다.

"아참, 그렇지!"

엄마의 부탁을 들어주어야 했다. 유언이기도 했다. 어쨌든 빨리 엄마의 빈자리를 채우려면 엄마와 이어진 복잡한 끈 가운데 핏줄의 끈 외에는 다 잘라버려야 했다. 그래야 슬픔에서 벗어날 수 있고, 의지로 엄마의 빈자리를 채워 탄탄하게 나아갈 수 있었다.

기타를 들고 현관문으로 나서는데, 기척을 듣고 소희가 나와 물었다.

"꼭 지금 갖다 줘야 해?"

"응."

"그래도 돼?"

언니가 묻는 말에 대답을 툭 뱉었다.

"응."

"독한 년!"

그 말에 소영의 대꾸는 역시 똑같았다.

"응."

초인종을 누르자 민태 엄마가 현관문을 열고는 멈칫했다.

민태 엄마를 보자 소영은 가슴이 뭉클했다. 아니 먹먹했다.

"소영아!"

"이거…….." 하면서 소영이는 들고 있던 기타를 건넸다.

"지금 꼭 이래야 해?"

"예."

대답을 놓고는 돌아서며 덧붙였다.

"갈게요."

"좀, 있다 가지?"

"할 일 있어요."

소영은 엘리베이터를 향해 총총총 걷다 말고 멈췄다. 그러고는 몸을 돌려 멍한 얼굴로 현관문을 열고 내다보는 민태 엄마에게 달려가 와락 안겼다.

"이모!"

노벨문학상을 향하여

혜란은 해 온 숙제를 책상 위에 올려놓았다. 곰 선생은 원고 뭉치에서 첫 장과 맨 뒷장을 보고 나서 말했다.

"죽었다 깨어나도 난 이렇게 못 써."

"네?"

"글씨 말이야. 이렇게 꼼꼼하게 잘 쓸 필요는 없거든."

그제야 혜란은 알아듣고 고개를 끄덕였다.

"그래, 그대로 필사해 본 소감이 어때?"

"읽을 때하고 달라요. 쓰고 나니까 소설이 뭔가를 좀 알겠고요, 그게 몸에 배는 것을 느낄 수 있어요."

혜란의 말에 곰 선생의 얼굴이 활짝 펼쳐졌다.

"바로 그거야! 글은 뇌로 쓰는 게 아니라 가슴으로 쓰는 거야. 가슴으로 더 깊게 느끼고 숨으로 들이키려면 여러 번 읽는 것도 좋지만 직접 그 작품을 그대로 써 보는 경험도 필요한 거야. 한마디로 머릿속에 담아두는 게 아니라 몸에 배게 하는 게 더 중요하다는 말이지."

"그래서 저도 시간 나는 대로 좋은 평가 받는 단편소설 세 편만 더 쓰려고 해요. 골라 주세요."

"오케이."

곰 선생은 앞에 놓인 다기로 혜란 앞에 놓인 찻잔에 차를 따랐다. 그러고는 자신의 찻잔도 채웠다.

"감사합니다."

오늘따라 유난히 향긋하면서도 달콤했다.

곰 선생이 민태와 광표의 사건이 어떻게 됐는지 물었다. 혜란은 그 후에 있었던 일을 세세하게 이야기했다. 그러던 끝에 얼핏 들었던 '갱에이지'를 상담 선생님께 써먹은 이야기를 하면서 좀 더 자세한 설명을 부탁했다.

아이는 여덟 살 정도부터 열다섯 살 정도의 나이에 사회성 발달과 더불어 집단의식에 의한 집단행동을 벌이게 되는데 때로는 반사회적이거나 폭력적인 행동이 있을 수 있다고 했다. 하지만 이 갱에이지 집단행동은 독립적 인격 형성, 협동과 연대 의식 등 사회성 발달에 매우 중요한 학습의 장이 된다는 말을 덧붙였다.

"우리 성장 과정 때는 그 단계를 아주 실감 나게 경험했거든."

그러면서 참외 서리한 이야기, 패싸움에 끼어든 일들을 이야기했다. 그런 이야기 끝에 단정 짓듯 말했다.

"그땐 내가 그런 게 아니라 호르몬이 그랬던 거고, 그 과정은 당연히 겪어야 하는 통과의례와 같은 것이야."

"통과의례는 뭐예요?"

"사람의 일생을 살면서 꼭 거쳐야 할 단계가 있잖아? 태어나고, 이름을 얻고, 어른이 되고 결혼하고, 죽고, 그런 과정을 통과의례라고 해."

"네."

"어쨌든 지금 청소년 대부분은 그런 과정을 생략 당해 앞으로 삶을 꾸려 나가는 데 어려움이 따를 것 같다는 거야."

"다 그런 건 아니에요. 지금은 지금 식대로 청소년이 대부분 그 과정을 잘 견뎌내고 있어요. 다만 그때하고 시대가 달라서 겪는 방식이 다를 뿐이지요."

혜란이 말을 끝냈는데도 곰 선생은 혜란의 얼굴을 뚫어지게 바라보며 한동안 말이 없었다. 그러더니 고개를 끄덕끄덕하고는 말했다.

"괄목상대라더니, 말도 잘하고 생각도 매우 넓고 깊어졌어."

혜란은 얼굴이 화끈 달아오름을 느꼈다.

"감사합니다."

"이렇게 나온 김에 오늘은 진지하게 문학에 대해서, 더 나아가 작가의 길에 관해서 이야기 나눠 볼까?"

"좋아요, 선생님. 그러잖아도 학교에서 진로교육을 강조하고 있거든요."

곰 선생은 차 한 모금을 마치 병아리가 물을 마시듯 고개를 약간 뒤로 젖히고 그렇게 마셨다. 혜란은 웃음이 나오려는 것을 가까스로 참았다. 그러면서 얼굴에서 웃음기를 지우려 찻잔을 들고 마셨다. 그러고 찻잔을 내려놓는데 곰 선생이 빙긋이 웃었다.

"왜 웃으세요?"

혜란이 물었다.

"봄볕에 병아리가 함지박에 있는 물을 마시는 것처럼 고개를 젖히고 진지하게 마시는 모습이 예뻐서."

그 말에 이번에는 혜란이 푸웃 하고 웃었다.

"왜?"

곰 선생이 눈을 똥그랗게 뜨고 물었다.

"선생님께서 그러셨거든요. 그래서 웃음을 지우려고 물을 마셨는데 저도 모르게 그대로 따라 했네요."

"하핫! 그래? 상행하교(上行下敎)라는 말이 실감 나는군."

"예?"

"해석해 봐. 위 상, 행할 행, 아래 하, 가르칠 교."

"윗사람의 행동으로 아랫사람을 가르친다?"

"윗물이 맑아야 아랫물도 맑다는 뜻도 되지. 어쨌든 우리가 살아나가는 데는 대체로 크게 나누어 존재적 삶의 방식과 소유적 삶의 방식이 있는데 말이야."

"네."

"나는 물론 문학도인 너도 이 삶의 방식을 각성하고 반성해야 해."

"조금 어려워요."

혜란이 굳은 표정으로 곰 선생의 얼굴을 똑바로 바라보았다.

곰 선생은 피식 웃고 나서 말했다.

"생각해 보자. 선생님께서 학생들을 대할 때 선생님은 봉급쟁이에 지나지 않아. 그러니까 선생님이 가지고 있는 지식을 봉급 받는 만큼의 수준에 맞춰 가르치면 돼. 규칙이야 그 직장에 있으려면 지키는 것이고. 그런 생활 태도, 이해가 가?"

"네, 그렇게 생각되는 선생님도 계세요."

"그러지만 어떤 선생님은, 나는 비록 선생이라는 직업을 가지고 있지만, 장래를 책임질 후배 · 후손을 가르치는 선생이다. 따라서 지식을 효과적으로 전달해 주는 것도 중요하지만, 개개인이 행복해질 수 있도록 인성을 기르는 데에도 신경을 써야 한다 생각하지."

"그렇게 느껴지는 선생님도 계시고요."

"그럼 소유적 의미와 존재적 의미를 두고 볼 때 아까 말한, 지식을 전달해 주고 봉급을 받는 월급쟁이라는 생각을 가지고 교단에 선 선생님은 어떤 의미에 무게를 둔다고 할 수 있을까?"

혜란은 감으로 알고 있지만 원래 말을 할 때 신중한 편이라서 생각을 한 후 대꾸했다.

"소유적 의미요."

"바로 그거야. 사물을 대할 때 그 사람이 그 사물을 소유적으로 대하느냐 존재적으로 대하느냐를 두고 말할 때, 그럼 이런 경우에서 대답해 볼까? 가령 네가 길가를 지나다가 보기 드문 예쁜 패랭이꽃을 보게 되었어. 그때 혜란이가 소유적 의미로 그 꽃을 보았을 때와 존재적 의미로 보았을 때의 차이를 말해 볼까?"

이때도 혜란은 들숨 두 번 정도의 시차를 두고 나서 대꾸했다.

"소유적 의미는 그 꽃을 꺾어 들고 집에 와 꽃병에 꽂거나 책꽂이에 꽂아 놓았을 테지요. 실제로 그런 적이 있었고요."

"와! 역시 천재야!"

혜란은 쑥스러워 어깨를 들썩하고는 말을 이었다.

"존재적 의미는 꽃 그대로를 감상하고 그냥 오는 거고요."

"그렇지? 그 꽃에 감사함을 표시함은 더욱 품격 있는 존재적 의미를 실천하는 사람이 되겠지?"

"물론이지요."

"감사함은 물론 찬사까지 얹으면 아름다운 품성이 돋보이겠지? 고급스럽고. 인적 드문 길가에서 넌 나를 알아보기 위해 지금까지 기다렸구나. 그 고운 마음씨 내가 나눠 갈게. 너는 내가 있어 행복하고 나는 네가 있어 행복하구나. 지금 이 순간 빛나는 햇빛 아래 우리가 동행한다는 것 자체가 또한 값진 인연이겠구나, 정도의."

"멋져요."

"그런 비유적 의미를 문학을 두고 풀어 볼까?"

"네?"

"문학을 소유적 의미로 대하는 경우와 존재적 의미로 대하는 점을 예를 들어 비교해 보라는 뜻이야."

"예, 응……."

혜란은 머릿속에 떠오르는 생각을 한참 동안 정리하고는 대구했다.

"문학을 소유적 의미로 본다면, 예를 들면, 글을 써서 베스트셀러를 내서 돈을 벌고, 유명해지고, 그러면 그 인기를 업고서 정치가로 나가서 권력도 얻고, 그런 것으로 문학을 대하는 것 아닌가요?"

"브라보!"

곰 선생이 외치는 바람에 혜란은 신바람이 나서 말했다.

"문학을 존재적 의미로 생각한다면, 글을 쓸 때는 행복해야 하고, 그리고… 잘 모르겠네요. 아무튼, 저는 아직도 문학을 하는 의미는 예술 고등학교 문창과를 다니고, 대학도 문예창작과에 들어가 학생 때 히트할 작품을 발표하고, 그래서 돈도 벌고 유명해지고 싶은 생각이 앞서거든요."

혜란이는 빙긋이 웃는 곰 선생의 눈치를 살피고는 덧붙였다.

"그게 나쁜가요?"

곰 선생은 고개를 가로저었다. 아니, 내둘렀다고 해야 하나? 강하게 가로저었다. 그러고는 말했다.

"나쁘긴! 난 순수문학 앞세우며 뼈다귀만 핥는 그런 문인을 가장 싫어해. 가족 고생시키고 제 앞길도 닦아내지 못하며 문인입네 모양새만 잡는 그런 선배들이 수두룩했고, 지금도 존재하는데, 난 그런 사람들을 만나는 것 자체를 싫어하는 사람이야. 문학인도 생활인이야. 그런 사람들이 쓰는 글 보면 대개 별 볼 일 없어. 성실하고 진실한 문학인은 순수 타령만 하며 영양가 없는 뼈다귀만 핥지 않아. 개성이 뚜렷한 척 기인 행세를 하면서 좋은 글을 제대로 써내지 못한 사람들을 나는 허세에 찬 협잡꾼 정도로 봐."

"그럼, 글을 쓴다는 것은 먹고사는 문제까지도 생각해 봐야 한다는 뜻인가요? 그러다 보면 지나치게 대중소설만 쓰게 되잖아요? 그래도 괜찮아요?"

"당연히 대중소설을 쓰는 작가도 있어야지. 여기서는 질을 따지는 게 아니야. 여러 장르, 여러 갈래의 글을 쓰는 작가가 다양하게 나와야 한다는 것이지. 물론 순수문학 주의자들도 필요해. 하지만 순수문학 앞세워 기이한 짓만 하며 인기나 얻으려 하고 자신이나 가족, 주위 사람에게 탐탁지 않은 삶을 사는 그런 자들을 비판하는 것뿐이야."

"그렇다면 전 흥미 위주의 대중소설은 쓰기 싫은데 어떡하죠?"

"순수문학이 우선이야. 진정한 순수문학은 생명력을 갖게 됨은 물론이고 영원성까지 갖게 돼. 우리가 지금도 읽는 셰익스피어, 톨스토이, 도스토옙스키, 세르반테스, 괴테, 카뮈 등등의 작품을 읽고 감동하는 건 흥미 위주의 대중소설이라서 그런 게 아니거든."

"어디까지가 순수소설이고 어디까지가 대중소설인가요?"

"이렇게 쉽게 정의를 내리자. 재미도 없고 내용도 없는 소설은 삼류소설, 재미는 있는데 의미 없는 소설은 이류, 그리고 재미도 있고 내용도 풍부한 소설은 일류라고."

공 선생은 이렇게 말하고 하하하 웃었다. 하지만 그 웃음에는 허탈함과 어설픔이 깃들어 있었다. 그러고는 정색을 하고 물었다.

"우리가 뭘 얘기하다 샛길로 빠졌지?"

"존재적, 소유적……."

"아, 그랬지. 아무리 존재적 문학의 길로 가더라도 소유적 의미를 지나쳐서는 안 되는 거지. 그건 학교 선생님이 인성교육에만 매달리고 지식 전달은 해 주지 않는 것과 같은 이치야. 이해하지?"

"네."

곰 선생은 이어 말했다.

"그리고 또 한 가지, 우리가 간과해서는 안 되는 문학인으로서의 태도가 있어. 문학도 사람을 대하듯이 대하는 태도가 중요해."

"성실하게 대하라고요?"

"그런 뜻도 있지만, 우선 사람과 사람 사이 대하는 태도에 대해 생각해 보자. 사람을 대할 때 아까 말했던 존재적 의미소유적 의미와 맞닿는 부분이 있는데, 어쨌든 사람을 대할 때 우리는 '나와 너'의 관계로 대하느냐 '나와 그것'의 관계로 대하느냐의 선택 문제가 가로놓이거든."

"네."

"우선 문학을 의인화시킬 필요가 있지. 그러고는 문학과 대화해야 해. 그래야 나와 마주 선 문학이 어질면서도 늘 긍정적이고 미소를 잃지 않으며 은은한 문향을 풍겨 나를 행복하게 만들거든. 그러나 만약 문학을 나와 그것의 관계로 두고 있으면, 다시 말해 문학을 이름을 얻고 돈을 벌고 즐기기 위한 대상으로 보면 문학은 어느 순간 나에게 고통을 주고 증오심을 일으켜. 그러다 보면 사이가 나빠져 서로 데면데면하다가 어느 날 영원히 남이 돼 버리지."

"네."

"또 한 가지, 문학을 너무 높이 올려놓고 엎드려 숭배하는 자세도 좋지 않아. 그러면 문학은 어느 순간 나를 얕보고 못되게 굴지. 그렇다고 문학을 깔아뭉개면 이 또한 문제가 돼. 문학은 죽은 체하고 있지만, 어느 순간 뒤통수를 치지. 그래서 잘 나가다 어느 날 문득 구정물 뒤집어쓰고 사라진 문인들 많이 있거든."

"그럼 가장 좋게 대하는 방법은요?"

"숲 속 오솔길을 나란히 걸으며 다정스레 대화를 주고받는 그런 관계를 유지하는 거지. 내가 다정하게 다가가 다정한 말을 건네면 문학도 틀림없이 그렇게 나를 대하거든. 이건 내가 보장할게."

"네, 잘 알았습니다."

혜란이 엉거주춤한 모습을 보이자 눈치 빠른 곰 선생이 말했다.

"그래, 이만 하고 좀 쉬자. 난 녹차를 마셔야겠다. 넌?"

"전, 커피요."

혜란은 일어나 화장실 쪽으로 몸을 돌렸다.

"알았어."

"감사합니다."

화장실을 다녀온 혜란은 곰 선생이 타 준 커피를 마시고, 곰 선생은 녹차를 마시며 가볍게 스마트폰 애플리케이션에 대해 대화했다. 혜란이 곰 선생에게 스팸 문자 안 받는 방법, 확대경 사용법 등을 설명했다. 대화 끝에 곰 선생이 말했다.

"어차피 오늘은 글 쓸 시간이 없겠지?"

"네, 학원 가려면 30분밖에 남지 않았어요."

"그렇다면 넘어진 김에 쉬어간다고, 전문적인 문예창작의 길에 들어서기 전에 알아둘 일 몇 가지 얘기해 줄까?"

"네."

곰 선생은 차 한 잔을 따라 입에 댔다가 "아 뜨거워!" 낮게 읊조리고 책상에 도로 놓았다. 혜란이 킥킥 웃으니까 곰 선생도 어설프게 피시시 따라 웃었다. 그러고는 말을 꺼냈다.

"글을 쓰는 자세로서 갖춰야 할 것 가운데 가장 중요한 것은 글을 쓰되 약수터에서 표주박으로 약수를 퍼내듯 쓰라는 것이야."

"조금씩요?"

"아니, 약수가 콸콸 솟는 사람은 자주 물을 퍼야겠지. 그러나 약수가 조금씩 솟는 사람은 천천히 그 양에 맞춰 물을 퍼야 한다는 말이야. 예를 들어 약수가 콸콸 넘쳐흐르는데 천천히 퍼내면 그냥 흘려 내버리는 약수가 아깝잖아. 그렇지 않고 약수가 찔찔찔 조금씩 솟는데 표주박을 열심히 움직여 마구 퍼내면, 어떻게 될까?"

"음, 흙탕물이 나오겠지요."

"바로 그거야. 지금 한 말을 풀이하면?"

혜란은 잠시 생각에 잠겼다. 그러고는 빙그레 웃으며 대꾸했다.

"글 실력이 별로인 사람이 마구마구 써서 남발하다 보면 독자들이 가만 안 놔두겠지요. 쓰레기 같은 글 마구 써낸다고요. 하지만 글 실력이 엄청난데 게을러서 잘 안 쓰면 시간은 흘러가고, 결국 늙어 죽을 때 남는 게 없을 테고요."

"와! 내 수제자다워! 남발이라는 단어도 쓸 줄 알고…… 그렇다면 나는 어떤 쪽일까?"

곰 선생은 묻고는 계면쩍게 웃었다. 혜란 역시 웃으며 대꾸했다.

"아깝게 약수를 내버리는 편 같아요. 선생님은 천재이신데, 게으른 편 같아서."

"고마워. 그럼 혜란이는?"

"저는 아무 쪽도 아니고요."

곰 선생과 혜란은 웃으며 커피와 차를 한 모금씩 마셨다. 그러고는 곰 선생이 말을 꺼냈다.

"다음에 알아야 할 것은, 글을 쓰다 보면 내가 쓴 글이 악평받는 수가 많거든. 그때 많은 글쟁이가, 기가 죽어 슬럼프에 빠지거나 자학을 하거나 절필 선언까지 하는 경우가 있어. 그러나 그렇게 반응하는 것은 바보짓이야."

"그럼 어떻게 해요?"

"감나무에 감이 열렸기 때문에 몽둥이질을 당한다고 생각해야해."

"네?"

혜란은 잘 이해가 안 된다는 시늉을 해 보였다. 곰 선생이 그럴 거라는 시늉으로 고개를 끄덕이고는 말을 이었다.

"글을 발표하고 나면 대부분 읽지 않은 사람들이 호평, 그러니까 좋은 평을 해 주기 마련이야. '아, 감동적이었어', '재미있게 잘 읽었어' 어쩌고 말이야. 그걸 주례사 평이라고 하지."

"주례사, 평이요?"

"결혼식장에서 주례가 신랑 신부 앞에서 하는 말 말이야. 좋은 말만 골라서 할 수밖에 없잖아."

"네, 그래요."

"어쨌든, 그런 식으로 말하는 사람 치고 제대로 읽은 사람이 별로 없어. 그런데 제대로 읽은 사람은 꼭 한두 군데를 꼬집어 뜯지. 다 좋은데 끝 부분 반전이 좀 이해가 안 된다든지, 읽다 보면 가운데 부분이 지루하다든지. 주인공이 왜 그런 잘못을 저질렀는지 상식적으로 이해가 가지 않는다든가. 그뿐인가. 때로는 악담 좋아하는 평론가가 내용을 조목조목 거론하고는 그런 쓰레기를 양산하는 것보다는 일찌감치 붓을 꺾는 게 사회적으로 이바지하는 길이라고 살인적인 비판을 하는 예도 있지."

"그래요?"

"그런 때 작가가 대처해야 할 사고방식이야. '그래, 당신이 내 책을 정말 읽긴 읽었구나. 고맙다 고마워' 이렇게 말이야."

"네, 알겠어요."

"알겠으면 적어 짜샤. 메모하는 습관을 기르라고 몇 번이나 말했잖니?"

그제야 혜란은 움찔하며 가방에서 메모장을 꺼내 메모를 했다.

곰 선생이 말을 이었다.

"다음으로 알아두어야 할 것은, 글을 쓰고 나서 갖는 태도야. 글이란 마치 자식 같아서 일단 쓰고 나면 애착을 갖기 마련이야. 글 쓰는 과정을 산고의 진통에 비유하는 작가가 많아. 그래서 엄마가 자식을 목숨처럼 사랑하듯 그런 관계가 많지. 내 자식은 애정이 가게 마련이고, 소중하고 예뻐 보이거든."

"엄마 보면 그렇지도 않은 것 같아요."

혜란이 킥킥킥 소리 내어 웃었다.

"엄마의 말이나 행동은 언제나 반어적이니까 믿을 게 못 돼. 속으로는 사랑하면서도 겉으로는 정이 뚝 떨어지는 말을 마구 하거든. 어쨌든 글을 마감하고 나서 이 작품보다 더 잘 쓸 수는 없다, 이 정도면 수준급이다, 라는 생각이 들면 그땐 나일론 끈을 들고 옥상에 올라가라고 전에 배움을 주셨던 교수님이 그러셨는데, 그 말씀이 생생하게 기억되고, 또 새겨들을 만해."

"왜 나일론 끈을 들고 옥상으로 올라가요?"

"죽어버리라는 말인데, 실제로 죽으라는 말은 아니고, 자기가 심혈을 기울여 쓴 작품이라도 늘 어딘가 모자란 듯하고 아쉬워하며 객관적인 입장이 되려고 애쓰면서 다시 읽고 다시 쓰고 해야만 한다는 말이지."

"그만큼 자신의 작품을 냉정하게 되돌아보라는 말씀이시죠?"

"똑 떨어지게 마무리 지었어. 30분 넘었네. 오늘은 이만 끝내자."

혜란이 메모장을 접어 가방에 넣고 일어서며 인사했다.

"고맙습니다."

"다음 주에 봐. 그리고 이번에도 원고지에다 단편소설 하나 베껴와."

"네에?"

놀란 혜란의 눈이 동그래졌다. 그러나 혜란의 행동에는 상관없이 곰 선생은 이어 말했다.

"이번에는 일본 소설『우동 한 그릇』, 알았지?"

"길잖아요?"

"길긴! 겨우 원고지 50장 조금 넘는데."

뽀로통해진 얼굴을 현관 쪽으로 돌리며 혜란이 대꾸했다.

"알겠습니다."

경찰이 딱 맞네

민태와 광표는 훈방 조건인 블로그를 울며 겨자먹기식으로 맡았다. 광표는 별로 관심을 보이지 않아 결국 민태가 떠맡을 수밖에 없었다. 그나마 다행인 것은 청소년선도위원센터에 속한 블로그로 승인받아 그쪽 카페에 있는 콘텐츠를 내려받아 어느 정도 모양새를 갖출 수 있었다.

민태는 블로그를 '학폭추'라고 이름 지었다. '학교 폭력 추방'의 약자였다. 광표와 싸웠던 그 날의 일들을 자세하게 올렸다. 그러고는 광표에게 문자를 던졌다.

다 만들었다. 너도 한마디 써라.

알았어.

기대하고 블로그에 들어갔더니, 세상에! 써 놓은 내용은 이랬다.

왔노라. 봤노라. 가겠노라.

어찌 보면 시비조였다. 그 내용을 꼬투리 잡아 다시 다툴 수도 있었다. 그러나 참기로 했다. 참는다기보다 생각을 바꾸기로 했다. 어찌 보면 매력적인 말이지 않은가.

나름 블로그를 만들어 놓고 지역 청소년선도센터장인 광표 아빠와 파출소 소장에게 전화했다. 칭찬을 들었다. 이로써 광표와의 사건은 필요조건을 갖추어 일단락 지었다.

이제 남은 일은 경찰관이 되려는 자기 이유 찾기와 마음가짐 굳히기였다. 우선 자기 이유를 찾으려면 소영 아빠에게 부탁하여 현장을 가 보고 선택하길 잘했다는 믿음을 얻는 게 중요했다. 민태는 심호흡하여 긴장감을 풀고는 강 경위 휴대전화로 전화를 걸었다.

"여보세요."

굵직한 강 경위의 목소리가 수화기를 꽉 채우며 울려왔다.

"전 민태예요."

"아, 민태! 웬일이야?"

전화 걸기 전까지는 아무리 마음을 가라앉히려 해도 가슴이 두근두근했는데, 막상 강 경위가 명랑하게 전화를 받자 그런 긴장감이 싸악 물러나고 오히려 마음이 편했다.

"저, 현장 학습 좀 할까 해서요."

"학교에서 해 오래?"

"네, 그것도 있고…."

민태의 말에 대한 강 경위의 대답은 간단명료했다.

"당근!"

이튿날, 수요일은 5교시만 있으므로 수업 끝나자마자 가기로 했다.

강 경위가 사복 차림으로 정문에서 기다리고 있었다.

"처음 와 보는 곳이지?"

"네."

"첫인상이 어때?"

"복잡한 것 같아요. 좀 으스스하기도 하고."

광표와의 일로 파출소에 갔을 때는 좀 썰렁한 기분이고, 경찰들이 하는 일도 없는 듯이 보였다. 그러나 경찰서는 현관문 안으로 들어서자마자 복잡하다는 느낌을 받았다. 밖에서는 순찰차로 도는 게 대부분이고, 명절 때나 정복 경찰들을 볼 수 있었는데, 그곳에는 엄청나게 많은 정복 차림의 경찰들이 북적댔다.

"경찰복 입은 사람하고 안 입은 사람하고 어떻게 달라요?"

민태가 물었다.

"경찰에는 부서가 많아. 경무과, 보안과, 경비과, 정보과, 수사과 등등. 정보과 직원 가운데는 업무 특성상 사복을 입은 사람이 많아."

"자격은요?"

민태의 물음에 대답하려던 강 경위는 2층에 있는 수사과 사무실 앞에 이르렀으므로 문고리를 잡고 대꾸했다.

"일단 사무실부터 구경하고 이따가 휴게소에서 얘기해 줄게."

문이 열리자 후끈 그 안의 열기가 느껴졌다. 책상은 많은데 그 안에 있는 직원은 다섯 명이었다. 그중 두 명은 고개를 숙인 용의자를 책상 건너편에 앉혀놓고 심각한 얼굴로 묻고 대답하며 컴퓨터 자판을 두들기고 있었다. 나머지 세 직원은 무언가를 쓰다가 강 경위가 들어서자 똑같이 말했다.

"반장님, 누구예요?"

그러자 강 경위가 웃으며 대꾸했다.

"내 아들."

"에이! 숨겨 놓은 아들이에요?"

"그런 셈이지."

강 경위가 너스레를 떨자 세 사람이 이번에는 각기 한마디씩 했다.

"반장님 안 닮았는데요."

"숨겨 놓은 사모님 닮았겠지."

"키가 엄청나게 크네. 얼마야?"

묻는 바람에 민태가 대꾸했다.

"백팔십삼요."

"와! 너 나쁜 짓 못하겠다. 나쁜 짓 하다가 도망가면 너 같은 애는 머리가 항상 사람들 머리 위에 있어 찾아내기 쉽거든."

어쨌든 기분이 좋아진 민태는 그 말을 기분 좋게 받아쳤다.

"그래서 나쁜 짓은 안 하려고 노력해요."

"그래, 그렇게 보인다."

강 경위는 자기 책상 앞 회전의자에 앉고 민태는 그 옆 의자에 앉게 했다. 그러고는 민태의 눈치를 슬쩍 살피며 물었다.

"너, 싸웠다며?"

찻잔을 들다 말고 움찔하며 민태가 대꾸했다.

"누가 그래요?"

"누구긴 누구야 인마."

"소영이가 얘기했어요?"

"그래. 싸우지 마. 싸워서 이득 되는 건 아무것도 없어."

"네."

"잘 해결됐어?"

"훈방요. 우리 아파트 청소년선도센터에 봉사하는 조건으로요."

"잘했어. 다행이야."

차를 마시고 나서 강 경위는 민태를 직원들에게 인사를 시키고 밖으로 나왔다. 그러고는 휴게실로 들어가 소파에 앉자마자 물었다.

"소감이 어때?"

"아직 얼벙벙해요."

"처음 와서 보면 전쟁 같을 거야. 하지만 익숙해지면 나름 자부심도 생겨. 숱한 사람들의 숱한 모습을 보면서 이야깃거리도 많이 생기고. 하루하루가 어떻게 가는지 모를 때가 많지."

강 경위의 말을 듣고 보니 민태도 재미있을 것 같았다. 특히 수갑을 차고 심문 형사에게 고분고분한 피의자의 태도가 인상적이었다. 못된 녀석들을 잡아다가 혼을 내 주는 일이 얼마나 신 나는 일인가.

잠깐 말을 멈추고 민태의 표정을 살피던 강 경위가 마치 마음속을 훤히 읽고 있기나 한 듯이 이렇게 말했다.

"하지만 경찰관이 되려면 다른 직업보다 갖춰야 할 게 많아."

민태가 대꾸했다.

"우선 건강해야겠지요. 저처럼요."

강 경위는 피식 웃었다. 그러고는 말했다.

"그래, 너처럼 훤칠한 키에 운동도 잘하고, 그렇게 건강하면 아주 적격이지. 하지만 경찰관은 꼭 범인을 잡아 벌을 받게 하고, 아니면 셜록 홈스처럼 기발한 아이디어와 분석력으로 범인을 추리하여 소설처럼 멋지게 잡아내는 일만 하는 게 아니야."

"그야 알지요. 교통경찰도 있고 테러방지 경찰도 있고 첩보 영화에 나오는 경찰처럼 세계 곳곳을 날아다니며 정보를 캐내서 스파이 작전에도 참여하고, 스파이 노릇도 하고요."

강 경위는 민태가 귀엽다는 듯이 피식 웃었다.

"그래, 사회 안정과 민생 치안을 위해 법률과 질서를 유지하고 위험으로부터 인명과 재산을 보호하며 범죄를 예방, 진압하는 법률적 해석에 많은 것들이 포함되지. 이렇게 말하다 보니까 진급시험 공부 때 외웠던 내용이 지금도 술술 잘 나오는군. 암튼 교통 문제도 있고 너처럼 비행 청소년이 되려는 학생 선도도 해야 하고 도둑놈, 사기꾼 잡는 일은 새 발의 피야."

그 말에 민태는 조금 발끈했다.

"아니에요! 전 비행 청소년은 절대 아녜요. 누가 센가. 한판 겨루어 본 것뿐인데요. 태권도장에서도 날마다 겨루기하잖아요."

강 경위는 빙긋이 웃으며 민태의 왼쪽 어깨를 툭 쳤다.

"어쨌든 경찰관은 범죄수사업무에서 추리력과 판단력이 필요하거든. 물론 강인한 체력하고 순발력은 필수고 말이야. 더구나 너처럼 수사 형사를 목표로 하는 희망자는 더 절실하지."

민태는 어깨를 으쓱했다. 그러면서 헬렐레 펴고 있던 손을 꽉 쥐어 힘 있는 주먹을 만들어 보였다. 거의 습관적인 민태의 태도를 지켜보며 강 경위는 대놓고 흐흥, 하고 콧소리로 웃었다. 그러고는 말을 이었다.

"지금 기억나는데 경찰학교에서 이런 적이 있었어. 그곳에서는 보안, 경비, 수사, 정보 같은 전문 과목을 공부하는데 수사학 시간에 그림 두 개를 보여 주면서 묻는 거야. 둘을 보면서 어떤 생각이 드느냐고. 그림 하나는 다섯 개인가 여섯 개의 서랍 가운데 맨 아랫것만 밖으로 반쯤 빠져나왔더군. 그리고 다른 한 그림은 서랍이 모두 열려 있는 거야. 그때 어떻게 대답해야 할까?"

민태는 머릿속에 강 경위가 하는 말을 그림으로 그렸다. 그러고는 도둑이 책상 서랍을 뒤지는 생각을 해 봤다. 민태 자신이 무엇을 찾을 때 책상을 여는 모습을 그려보았다.

맨 위 서랍을 열어 보고 없으면 다음 밑의 서랍을 연다. 그러려면 윗 서랍을 밀어 넣어야 아래 서랍 내용물을 볼 수 있다. 그다음도 같다. 그러다 보면, 그렇지, 맨 아랫것만 열려 있지. 그럼, 그럼, 반대로 연다면? 맨 밑 서랍 열고 없으면 그대로 둔 채 위 서랍을 열고, 봤으니까 그 위 서랍을 열고, 시간도 절약되고 닫을 때 덜그럭 소리도 안 나고……

"아, 그렇구나!"

민태는 자신도 모르게 큰 소리를 내고 말았다.

얼굴이 빨개진 민태를 흐뭇하게 바라보고만 있던 강 경위가 물었다.

"뭐가 그렇다는 거야?"

"그러니까 서랍이 다 열려 있는 짓을 한 도둑놈은 많이 해 본 놈이고 맨 아래 서랍만 열려 있는 도둑은 초짜예요. 안 그래요?"

"바로 그거야. 넌 준비된 경찰이야. 경찰이 딱 맞네. 내가 멘토로 널 관리하길 잘 했어. 그렇지?"

민태는 머릿속이 갑자기 환해졌다. 어느 날 아파트 뒷길을 걷다가 다닥다닥 활짝 핀 목련꽃 나무를 보고 감탄했던 그런 황홀함이 들어차고 있었다. 이어 강 경위가 이번에는 진지한 태도로 말을 이었다.

"경찰관은 범죄 수사 업무에서 꼭 필요한 추리력과 판단력, 그리고 강인한 체력과 순발력도 필요하지만, 융통성과 인내심, 그리고 자기 통제력이 더 필요해. 봉사정신과 사명감에다 금전이나 다른 것들의 유혹을 견뎌 내는 의지력도 정말 필요하지. 그렇지 않으면 옷을 벗게 되는 수가 많거든."

"그렇겠지요. 그런 점에서 저는 착한 편이에요."

"그래, 소영이 말 들으면 그렇다고 하더라. 정의감도 있고. 네가 못된 마귀들 잡는 자칭 퇴마사라며?"

그 말에 민태는 대꾸하지 않았다.

"정직성도 필요하고 무엇보다도 더 필요한 건 사회성이지. 경찰은 연구원처럼 혼자서 연구하는 직업도 아니고 작가처럼 혼자서 글을 쓰는 직업도 아니거든. 아주 팀워크를 잘 이루려면 사회성이 그만큼 필요해. 진취적이면서도 남에 대한 배려, 통솔력, 분석적 사고, 그 얘긴 아까 했나?"

"네. 그러고 보니 만능이어야 하네요?"

"당연하지. 어느 직종에서도 성공하려면 남과 달라야 해. 경찰관도 일반 공무원처럼 적당히 월급 받으며 적당히 사는 사람도 있기 마련이야. 그런 사람들이 뛰어나다든가 매력적이라든가 멋진 사람으로 남기는 어렵지."

강 경위가 계속해 말하려는데 민태가 갑자기 생각났다는 듯이 끼어들었다.

"저 이런 말 알아요. 공무원의 3대 수칙. 일, 시키면 하고 안 시키면 안 한다. 이, 가라면 가고 오라면 온다. 삼, 주면 받고 안 주면 안 받는다."

"누가 그러니?"

"사회 선생님께서요."

"그 선생님, 자신 보고 그런 말씀 한 거 아니야?"

"아녜요. 제가 제일 좋아하는 과목이 사회인데, 그 선생님 때문이에요. 아주 재미있고 신 나게 가르치시거든요."

"좋은 선생님이시군. 그건 그렇고, 경찰관이 되려면 평소 어떡해해야 할까에 대해 생각해 봤어?"

"우선 건강하고요, 공부도 웬만큼 하고요, 대학 가서는 공무원 시험공부를 따로 해야겠지요?"

"그렇게 대충 해서는 안 되겠지. 내가 경찰관이 될 때만 해도 경찰은 사회에서 좋은 직장으로 평가받지 못했어. 일제강점기 때 경찰에 대한 인식이 아주 나빴던 데다 6·25 때 경찰과 그 가족이 많이 당했거든. 그 뒤로는 정치적으로 이용당하다 보니 정치의 시녀니 뭐니 비판적인 시각이 많았고. 그러나 요즘은 제도가 많이 보완되고 근무시간도 정확히 지키며 휴가도 있고 월급도 다른 공직에

비해 적지 않기 때문에 경쟁력이 세졌어. 특히 내부에 실력 쟁쟁한 사람이 많아 위상이 높아졌지.”

“요사이는 환경미화원도 대학을 나와야 한대요.”

“그렇다더구나. 그렇다고 환경미화원이 그렇게 낮은 직업은 아니야. 다만 업무 자체가 단조로워 높은 지식이나 기술이 필요하지 않기 때문에 그런 말이 있는 거지.”

“당연하지요. 저도 만약 경찰이 안 되면 미화원이 되겠다는 생각도 했어요. 좋잖아요. 휘파람 불면서 남을 위해 열심히 길을 청소해 주고, 그리고 남는 시간은 제가 좋아하는 운동도 하고 기타도 치고.”

“그렇겠다. 어쨌든, 경찰관이 되려면 우선 경찰공무원 시험에 합격해야 해. 신체검사는 필수에 필기시험, 체력검사, 적성검사, 면접시험까지 녹록하지 않아.”

“경찰대학은 어떻게 가는 거죠?”

“경찰 간부를 말하는구나. 경찰 간부가 되려면 경찰 간부후보생 시험에 합격하여 1년간 경찰종합학교에서 간부후보생으로 교육받고 나면 경위로 임명되는 제도가 있어. 또 4년제 경찰행정학과 졸업자로 특채되는 예도 있고.”

“동국대학교 경찰행정학과는 입학하기 힘들다면서요?”

“그렇다고 봐야지. 넌 그 대학을 목표로 공부하니?”

“꿈이지만, 어려울 거예요. 전 공부를 잘 못하거든요.”

"무슨 소리야! 꿈은 크게 가져야지."

그러고 있는데 민태의 휴대전화가 드르르 떨렸다.

"죄송합니다."

몸을 틀며 휴대전화를 꺼냈다. 문자였다.

오늘 저녁 6시 청소년 선도 아저씨들이 저녁 식사 쏜대. 이따 만나.

민태가 소영 아빠가 말하는 사이 문자 두 개가 더 왔다. 둘 다 청소년선도센터장에게서였다. 6시에 아파트 안에 있는 삼호숯불갈비에 모이라는 말이었다.

민태가 갔을 때, 좋아하는 삼겹살 파티가 삼호숯불갈비에서 이미 펼쳐지고 있었다.

"어서 와."

광표 아빠가 가장 먼저 반겨주었다. 그러고는 민태를 가리키며 소개했다.

"이 잘 생긴 아이가 민태입니다."

"아, 학폭추 블로그 맡고 있다는 애?"

"네."

"수고하네. 자, 악수 한번."

까만 베레모 밑으로 흰머리가 삐져나온 할아버지가 손을 내밀었다. 그러고 보니 어른 대부분이 나이가 많았다. 거의 6, 70대 어르

신들로 광표 아빠까지 여섯 명이었다.

광표 엄마도 그곳에 와 있었다. 광표 엄마는 민태를 모를 테지만, 민태는 광표 엄마를 알고 있었다. 학교에서 말썽을 피울 때마다 광표 엄마가 다녀가서 웬만한 아이들은 다 알고 있었다.

"민태가 바로 너구나. 야, 키도 크고, 참 잘 생겼다."

"고맙습니다."

혜란도 와 있었다. 민태는 광표와 혜란이 사이에 끼어 앉았다.

이미 삼겹살은 지글지글 소리를 내면서 익기 시작했다.

삼겹살을 맛있게 먹고 이런저런 이야기를 나누다 보니 어느새 돌아갈 시간이 되었다. 모두 각자 스케줄에 따라 돌아가고 민태와 혜란이 같이 가게 되었다.

혜란은 민태와 다른 아파트단지에 산다. 그래서 하는 수 없이 민태가 바래다주게 되었다.

"오늘 소영이 아빠 일하시는 데 갔었다며?"

혜란이 물었다.

"갔었어."

"도움이 됐어?"

"당연하지."

민태의 단호한 대구에 혜란은 고개를 들어 민태를 올려다보았다. 갑작스러운 혜란의 행동에 민태는 움찔했다.

"왜 그래?"

민태가 약간 퉁명스럽게 물었다.

"아니, 네가 경찰이 된다니까 웃겨서."

"왜 웃겨?"

"넌 조폭이 딱 맞는데."

"죽을래?"

민태가 화내는 척했지만, 그냥 곧장 걷기만 했다.

"어쨌든, 경찰이 되면 얘깃거리가 많겠지?"

혜란이 물었다.

"그렇겠지."

"그때 가서 작가가 돼 있을 나한테 얘깃거리 좀 많이 갖다 줘라."

"야, 그때까지 같이 있으란 법 있니?"

"그야, 결혼하면 되잖아."

혜란은 낄낄낄 웃으며 민태로부터 성큼 두어 발짝 떨어졌다.

"난 결혼 안 할 거야."

"왜?"

"신 나게 혼자 살고 싶어서."

민태는 저만큼 떨어져서 걷는 혜란에게 한마디 얹었다.

"혹시 결혼하더라도 너하고는 안 할 거야."

"왜? 성질이 더러워서?"

"아니, 키 차이가 너무 나서 웃길 것 같아."

"너 진짜 죽을래!"

갑자기 혜란이 뛰어와 민태의 종아리를 걷어찼다.

"와우!"

민태가 걸음을 세우고 신음했다.

오늘로 만드는 내일

호텔 관광전문학교에 다니는 소희가 있긴 하지만 제사상을 맡기에는 아직 햇병아리나 다름없다. 따라서 민태 엄마가 제사상을 차릴 수밖에 없었다.

"어, 나물 제법 맛있게 무쳤네."

민태 엄마가 칭찬하자 소희는 금세 신바람이 나서 이번에는 고사리를 무치는 데 도전했다. 그러면서 은근슬쩍 자랑했다.

"우리는 한식서부터 일식, 중식은 물론 양식까지 다 배우고 벌써 실습이 주예요."

"그래, 아주 잘 선택한 거야."

"교수님이 이런 말씀을 해 주셨어요. 어렸을 때 농촌에서 살았는데 어느 집에 농업고등학교에 다니는 아들이 자기가 모판에 볍씨를 뿌린다고 하더래요. 그러니까 그 아버지가 깜짝 놀라며 자기는 지금까지 자신이 없는데 네가 어떻게 하느냐 물었대요."

"그래서 어떡했대?"

"그러니까 아들이 그럼 누가 고르게 잘 뿌리나 시합해 보자고 했
대요."

"그래서?"

"시합했는데 아들이 훨씬 빠르게 훨씬 고르게 잘 뿌리더라는 거
예요?"

"그래? 아버지가 깜짝 놀랐겠다."

"물론이죠. 어떻게 된 일이냐 물으니까 이러더래요. 아빠는 일 년
에 볍씨를 한 번씩밖에 안 뿌렸지만 자기는 학교에서 수업 시간에
모래 가지고 백 번도 더 뿌렸다고요."

"아하! 그렇겠다!"

"그러면서 교수님이 그러시는 거예요. 오랜 경력도 중요하고 창
의력도 중요하지만, 더 중요한 것은 거듭 연습해서 몸에 익히는 거
라고요."

"일리가 있네."

두 사람은 이야기하면서도 고사리 무치는 손을 쉬지 않았다. 소
영이 학교에서 돌아와 민태 엄마가 반갑게 맞았다.

"어서 와. 하는 일은 잘돼?"

"어떤 일요?"

"과학고 입학 말이야."

소영은 가방을 들고 잠시 생각하는 눈치더니 대꾸했다.

"자기주도학습전형 최종 합격자 발표가 11월 말경이에요. 그때까진 기다려 봐야지요."

"넌 공부 잘해서 좋겠다."

그 말에 소영은 피식 웃고는 대꾸했다.

"좋은 건 민태지요. 민태 요새 신 나잖아요. 청소년선도센터에서 상도 받고, 학교에서도 인기 짱이고요."

"그래도, 우리 민태가 공부를 잘했으면 좋겠어."

"저도 엄마하고의 약속만 없다면 민태처럼 자유롭고 신 나게 살고 싶어요. 공부만 하다 보니까 사회성도 떨어지고 언어 구사력도 떨어지고, 그래서 지금 말 연습하고 왔잖아요. 그런데 민태는 말을 얼마나 잘한다고요."

"말 연습? 그런 것도 해야 하나?"

"그럼요. 서류면접도 있지만 인성·구술면접도 있고 창의력 캠프에 가서 논리적으로 막힘없이 말하는 능력도 필요하거든요."

"그런 걸 가르쳐 주는 데도 있어?"

"그냥, 아파트단지 내에 있는 곰 선생이라는 분한테 배워요."

"아, 소설가! 작가지망생 혜란이도 그곳에 다닌다지 아마?"

"민태랑 친하니까 잘 아시네요."

"그건 아니고." 하면서 민태 엄마는 어설프게 흐흐흐 웃고는 물었다.

"혜란이는 어느 학교 간대?"

"예술고요. 10월 20일경에 시험 볼 걸요 아마. 그곳에 떨어져도 갠 어디 가도 잘할 거예요. 워낙 잘 쓰거든요. 상도 많이 타고. 참, 민태는요?"

"특목고나 자사고라도 가라고 하는데 갠 그딴 짓 안 한다며 그냥 배정되는 학교에 간대. 경찰이 되겠다며 자기 앞가림하려고 하니까 난 만족해. 기특하기도 하고."

이어 강 경위가 들어왔다. 방 안에 있던 소망이 뛰어 나와 강 경위에게 매달렸다.

"아빠, 왜 이제 와?"

"바빴어. 소망이는 뭐 하고 있었어?"

"숙제. 이제 다했어."

민태 엄마에게 와 줘서 고맙다는 인사말을 남기고 강 경위는 거실로 갔다. 그러고는 붓과 벼루, 먹물을 책상 서랍에서 꺼냈다. 마음 안정을 위해 그간 틈나는 대로 평생교육원과 학원에 다니며 붓글씨와 사군자를 거의 1년간 배웠는데, 어쩌면 오늘을 위해 그랬다는 느낌이 들었다.

강 경위는 깊은숨을 들이쉬고 내뱉은 후 붓을 들었다. 그러고는 읊조렸다.

"여보, 내 글씨 솜씨가 어떤지 봐."

그러고는 정성 들여 써 내려갔다.

顯妣孺人延安車氏 神位

다 쓰고 나서 덧붙였다.

"이 정도면 되겠지? 칭찬 좀 해 줘."

순간 강 경위는 이물감을 느껴 손을 뒷목으로 가져갔다. 뜨뜻한 물기가 만져졌다. 뒤돌아보자 소영이 강 경위의 모습을 내려다보다가 눈물을 흘리고 있었다. 강 경위가 일어서서 두 팔을 벌렸다. 소영이 강 경위의 품에 안기며 말했다.

"아빠, 힘내세요."

"너희가 있어서 난 지금 행복해."

강 경위의 말에 소영이 대답했다.

"이렇게 행복한 오늘이 하루하루 쌓여서 더 행복한 내일을 만들 거예요. 아빠 우리 세 자매 너무 걱정하지 마세요. 빛나는 내일을 만들 테니까."

강 경위는 밝게 웃어 보였다. 하지만 눈은 웃지 못하고 있었다. 그리고 그날 밤 제사 때, 미리 짜놓은 대로 소영이 자작시를 낭송했다.

엄마를 위한 기도

- 강소영

엄마
곳곳에 둥겨진 엄마의 둥소리
우린 아직도 듣고 있어요.
여기저기 감춰놓고 엄마는 가셨지만
우리는 보물찾기를 하듯 엄마의 둥소리를 찾아 듣죠.

엄마
곳곳에 걸어놓은 엄마의 웃음
우리는 곳곳에서 찾아내
그 웃음 닦고 또 닦고 향수를 뿌려
우리 안방에, 우리 방에, 거실에 걸어놓았어요.

엄마
엄마는 우리를 못떠나요.
떠날 수 없어요.
그건 엄마가 놓고 간 약속이잖아요.
우리 가족은 약속을 지키는 가족이잖아요.

엄마

대신 우리는 엄마께 한 약속 지키고 있어요.

언니 다녀갔고요.

저도 의사의 꿈 이뤄질 것 같아요.

아니, 이루어서

꼭 이루어서

엄마를 빼앗아간 암을 영원히 소멸시킬 거예요.

엄마

우리끼리 먹는 거 아니지요?

엄마도 분명 여기 와 냄새를 맡고 계시겠죠?

엄마가 좋아하는 과일 듬뿍 샀어요.

드시고 모자라면

모자라면 얼마든지 시키세요.

아직 슈퍼 문은 열려 있거든요.

엄마

많이 잡수세요.

사랑해요.